산티아고 순례길, 그리고 남미 여행 이야기

산티아고 순례길, 그리고 남미 여행 이야기

발행	2022년 10월 04일
저자	이지훈
펴낸이	한건희
펴낸곳	주식회사 부크크
출판사등록	2014. 07. 15(제2014-16호)
주소	서울특별시 금천구 가산디지털1로 119 A동 305호
전화	1670-8316
E-mail	info@bookk.co.kr
ISBN	979-11-372-9659-6

www.bookk.co.kr

산티아고 순례길, 그리고 남미 여행 이야기

이지훈 지음

BOOKK✎

Contents

작가의 말   10

제1장   산티아고 순례길

1. 프롤로그   11

2. 순례길 여정

Day 1 : 생장피에드포르에서 출발을 위한 심호흡   14

Day 2 : 생장피에드포르 →, 론세스바예스, 24km   17

Day 3 : 론세스바예스 →, 수비리, 23km   21

Day 4 : 수비리 →, 팜플로나, 20.5km   24

Day 5 : 팜플로나 →, 마네루, 30km   28

Day 6 : 마네루 →, 에스테야, 17km   33

Day 7 : 에스테야 →, 로스 아르코스, 21.5km   36

Day 8 : 로스 아르코스 →, 로그로뇨, 28.5km   38

Day 9 : 로그로뇨 →, 나헤라, 31km   42

Day 10 : 나헤라 →, 산토도밍고 데 라 칼사다, 21.5km   44

Day 11 : 산토도밍고 데 라 칼사다 →, 벨로라도, 23km   47

Day 12 : 벨로라도 →, 아헤스, 28.5km   49

Day 13 : 아헤스 →, 부르고스, 25.5km   51

Day 14 : 부르고스 →, 오르니요스 델 카미노, 22km   55

Day 15 : 오르니요스 델 카미노 →카스트로헤리스, 21km   58

Day 16 : 카스트로헤리스 →프로미스타, 25.5km   61

Day 17 : 프로미스타 →카리온 데 로스 콘데스, 19.5km   63

Day 18 : 카리온 데 로스 콘데스 →템플라리오스, 27km   65

Day 19 : 템플라리오스 →엘 부르고 라네노, 33.8km   67

Day 20 : 엘 부르고 라네노 →만시야 데 라스 무라스, 19.5km   69

Day 21 : 만시야 데 라 스무라스 →레온, 19.5km   71

Day 22 : 레온 →산 마르틴 델 카미노, 25km   75

Day 23 : 산 마르틴 델 카미노 →아스토르가, 24.5km   77

Day 24 : 아스토르가 →폰세바돈, 29km   80

Day 25 : 폰세바돈 →폰페라다, 27km   83

Day 26 : 폰페라다 →페레헤, 29km   87

Day 27 : 페레헤 →오 세브레이로, 26.5km   90

Day 28 : 오 세브레이로 →사모스, 32km   94

Day 29 : 사모스 →포르토마린, 36.5km   99

Day 30 : 포르토마린 →팔라스 데 레이, 25.5km   103

Day 31 : 팔라스 데 레이 →멜리데, 15.5km   106

Day 32 : 멜리데 →페드로우소, 35km   108

Day 33 : 페드로우소 →산티아고 데 콤포스텔라, 20.5km   111

3. 산티아고 순례길 이후   115

제 2장   **남미 여행 이야기**   121

1. 프롤로그   122
2. 남미 여행기
남미에서의 첫 번째 일정, 리마 시내 투어   125
남미 여행의 즐거움, 와카치나 사막 투어   127
리마 전통시장 탐방 및 시내 투어   131
남미다운 아름다움이 가득한 아레키파   133
콘도르를 찾아서, 콜카 계곡으로!   137
마추픽추 관문 도시 쿠스코에 도착하다   142
마추픽추 가는 길, 성스러운 계곡 투어   149
페루 여행의 중심 쿠스코   154
신기한 무지개산 비니쿤카   158
하늘 위 호수, 티티카카   162
볼리비아 국경 넘어 아름다운 코파카바나   165
세상에서 가장 높은 수도, 라파스   168
설탕처럼 달콤한 도시, 수크레   172
신비함과 아름다움을 간직하고 있는 우유니 소금사막   177
세계에서 가장 메마른 사막, 아타카마   185

산티아고에 비가 내립니다.   187

푸콘에서 멍때리기   192

머나먼 곳! 남미의 스위스, 아르헨티나 바릴로체   195

바릴로체에서 칠레 푸에르토 몬트로 오다   199

수상 가옥과 목조 교회가 아름다운 섬, 칠로에   203

남미의 끝, 마젤란 해협을 품은 곳 푼타 아레나스   206

지구 최후의 희망, 토레스 델 파이네   209

압도적인 페리토 모레노 빙하   214

하얀 연기가 피어나오는 피츠로이!   218

살고 싶은 도시, 부에노스아이레스   220

표현될 수 없는 장엄함의 극치, 이구아수 폭포   225

정열의 도시, 리우데자네이루   230

            3. 남미 여행 후기   235

역마살이 있다고 말합니다.

항상 떠나고 싶었지만, 여러 가지 이유로 핑계를 대면서 결행은 하지 못했습니다. 2010년 겨울, 자의 반 타의 반으로 직장을 그만두게 되었답니다. 직장을 그만두던 그 당시 완전한 경제적 자유는 얻지 못했지만, 심정적으로는 '파이어족(Financial Independence Retire Early)'의 꿈을 이뤘다는 억지 만족을 했습니다.

밀렸던 숙제를 하듯 산티아고 순례길을 걸었고 남미대륙, 라오스, 캄보디아, 태국, 카자흐스탄, 러시아, 독일, 프랑스, 스페인과 포르투갈 등지를 다녔습니다. 최근 몇 년간은 코로나 때문에 외국으로 여행을 가지 못하고, 국내 이곳저곳을 다녔습니다.

"지금까지 여행한 이야기를 책으로 한번 내 보라"고 누군가 권유를 하더군요.

항상 생각은 했었습니다. 죽기 전에 책 한 권을 내고 싶다는 인생의 버킷리스트를 이뤄내고 싶다는 생각 말입니다.

그래 책을 출간하자! 거창하게 말고 독립출판을 통해 간소하게 하자!

환갑잔치도 못 했는데, 가까운 친구와 지인들을 모아 책 출판을 핑계로 결판지게 한번 놀아보자! 그래서 시작했습니다.

책을 만든 이유는 이렇습니다.

내 책이 주위의 누군가에게 조금이나마 선한 영향력을 끼쳤으면 좋겠습니다. 그리고 이 책 발간을 계기로 제 남은 인생에 있어 즐겁게 살 수 있는 삶의 변곡점이 되었으면 합니다. 또한 여행을 좋아하는 사람들에게는 내가 돌아다녔던 곳들에 대한 작은 정보라도 줄 수 있으면 좋겠습니다.

다만, 산티아고 순례길 이야기는 세월이 너무 흘러 기억력에 의존해서 쓰려고 하니 어려움이 많았고, 남미 여행은 시간은 얼마 되지 않았으나, 보존하고 있던 사진이나 메모가 거의 소실되어 페이스북과 밴드에 올렸던 내용만으로는 다소 어려움이 있었습니다.

이번 책 발간을 계기로 계속해서 여행책을 내 볼까 합니다. 다음에는 전라도 기행이라는 주제로 후속 여행책을 발간하려 하니 많이 기대해 주십시오.

또 다른 시작인 것 같습니다.

- 2022년 10월 광주

제 1장

산티아고 순례길 이야기

프롤로그

　'산티아고 가는 길(Camino de Santiago)'은 예수의 열두 제자 중
한 사람인 야고보가 묻힌 곳으로 추정되는 스페인 북서부 중심도시 산
티아고까지 걷는 순례의 길을 말합니다.

　이 순례길은 6세기경부터 만들어진 길입니다. 그때 이후 유럽 각지
의 순례자들은 야고보의 유해가 모셔진 산티아고 대성당까지의 '산티
아고 순례길'을 걸었습니다.

1,000년의 세월이 흐른 오늘날에도 세계 각국에서 몰려든 순례자들은 산티아고를 향해 길을 떠납니다. 어떤 사람은 종교적, 영적인 이유로 길을 걷기도 하고, 어떤 이는 내적 성찰을 위해 어려운 순례의 길을 걷습니다. 떠나온 이유는 제각기 다르지만, 순례자들은 똑같은 마음으로 서로를 격려하고 배려하면서 길에서 만나고 헤어집니다. 이 길은 종교를 위해 만들어진 길이지만, 결국은 평범한 개인들의 아픔과 고통을 치유하는 길이라고도 할 수 있을 겁니다.

　　산티아고 가는 길은 여러 경로가 있습니다. 프랑스에서 출발하는 프랑스 길, 포르투갈 포르투에서 출발하는 포르투길, 세비야에서 출발하는 은의 길, 스페인 북부 해안선을 따라 걷는 북쪽 길이 대표적인 순례길이라 할 수 있습니다.

　　순례자들이 가장 많이 걷고 있는 길은 '프랑스길'이라고 하는데, 스페인과 접경한 프랑스의 생장피에드포르를 출발해, 피레네산맥을 넘어 스페인 나바라, 라 리오하, 카스티야레온, 갈리시아 지방을 거쳐 산티아고에 이르는 길을 말하죠. 대략 800km 정도 됩니다.

　　보통 프랑스 길을 걷는 여정은 사람에 따라 다르지만, 30~40일 일정으로 걷습니다. 걷고 난 후 바로 귀국하는 사람도 있고, 계속해서 스페인과 포르투갈 등 인접 국가 여행을 하는 사람들도 있습니다. 유럽사람들은 전체 코스를 한 번에 걷기도 하지만, 대부분 휴가나 연휴를 이용해 구간별로 나눠서 걷는 것이 일반적이라 합니다.

　　통계에 의하면 제가 걸었을 때인 2013년의 경우, 한해 150여 개국 60,000만 명의 순례객이 산티아고 순례길을 걸었다고 합니다. 그중에서 한국 순례객은 6,000명 정도로 스페인, 독일에 이어 전체 3위에 해당한다고 하네요. 이 길에 관한 관심은 과히 폭발적이라 말할 수 있을 것입니다.

2003년쯤 이 길을 처음으로 알게 된 이후 퇴직하면 반드시 가겠다는 생각으로 꾸준히 자료를 모았습니다. 2011년 직장을 그만두고 잠깐 시민단체에서 일하다가, 드디어 2013년 4월 30일부터 6월 1일까지 총 33일간을 걷게 되었습니다.

순례길을 마치고 난 후 산티아고에서 이틀을 쉬었고, 이후 포르투갈과 스페인의 주요 관광지를 2주 정도 여행했습니다. 돌이켜 보면, 순례를 마치면 바로 귀국 하는 게 좋을 것 같습니다. 몸과 마음이 피곤하고 순례길을 마치면 나타나는 "카미노 블루(Camino Blue)"라는 우울증으로 이후 여행이 그리 즐겁진 않았습니다. 물론 사람마다 다르겠지만요.

다시 산티아고 순례길을 걷는다면, 못했거나 안 해본 것들을 해보고 싶습니다. 짐은 6kg 이하로 가져갈 겁니다. 사실 우리가 세상을 살아가는 데 있어 그리 많은 것들이 필요하지는 않거든요. 그리고 시간에 쫓기듯 일정을 정해 놓고 걷지 않겠습니다. 느긋한 마음으로 스페인 마을들을 돌아보면서 천천히 걸어야겠습니다. 물론 맛있는 스페인 음식도 먹어봐야겠지요.

누구나 한 번쯤 가볼 만한 길입니다. 함께 걷지만 혼자 걷는 길! 자신과 흔연히 맞서 얘기할 수 있는 자기만의 시간이 그 길에는 있답니다.

아! 산티아고 가는 길...

Day 1 : 생장피에드포르에서 출발을 위한 심호흡

출발부터가 힘들고 기나긴 여정이었습니다. 광주에서 심야버스로 인천공항, 그리고 다시 프랑스로 출국하여 어제 오후 샤를 드골공항에 도착했습니다. 입국을 마치자마자 곧바로 파리 오스테리츠 (Gare D'Austerliz) 역으로 가서 저녁 9시에 출발하는 야간열차를 탔습니다.

어제부터 잠을 거의 자지 못해 기차에서 좀 자려고 했지만, 기차 안내방송을 못 듣고 바욘(Bayonne)을 그냥 지나칠까 걱정되어 거의 뜬 눈으로 밤을 보냈습니다. 다음 날 오전에야 프랑스 남부 도시 바욘을 거쳐, 순례길 출발 도시인 프랑스 국경도시 '생장피에드포르'에 도착했습니다.

역에서 내리자마자 곧바로 순례자 여권을 발급받기 위해 순례자 사무소에 찾아갔습니다. 그곳에서 순례자 여권이라는 크레덴시알 (credencial)을 받았고, 자원봉사자인 오스피탈레로(hospitalero) 로부터 피레네 산을 넘어가는데 참고할만한 몇 가지 주의사항과 함께 알베르게 정보와 순례길 지도를 얻었습니다. 순례자 표식인 가리비 조개도 사서 배낭에 부착하고 나니 제법 순례자 느낌이 납니다. 가리비 조개는 일몰을 의미하는 것 외에, 모든 순례길이 산티아고로 향한다는 뜻이기도 하답니다. 순례자 사무소에서는 오늘 하루를 묵을 수 있는 숙소도 배정해주었는데, 저는 한국인들에게 유명한 55번지 알베르게를 배정받았습니다.

발급받은 크레덴시알은 순례자임을 확인해 주는 증명서로, 가는 여정에 있는 순례자 전용 숙소인 알베르게에 묵을 수 있도록 해줍니다. 알베르게의 경우, 공립은 5유로 정도이고 사립은 10유로 정도로 비교적 저렴한 편이더군요. 순례길에 있는 알베르게는 대개 5~10km 떨어진 마을마다 있는데, 어떤 의미에서는 순례길의 이정표 역할을 하고 있다고 볼 수 있습니다.

순례자로 등록하면서 독일에서 공부 중인 유학생 배진덕과 광주 아가씨 김연희를 만나 인사를 나눴습니다. 같은 숙소를 배정받아 함께 알베르게에 짐을 풀었네요. 그리고 그 친구들과 함께 마을 카르푸에서 내일 피레네 산을 넘는데 필요한 점심거리와 간식을 준비했습니다.

프랑스 길이 시작되는 생장피에드포르는 스페인 국경으로부터 약 8km 떨어져 있으며, 니베(Nive) 강을 끼고 피레네산맥 기슭에 있는 프랑스 바스크 지방의 작은 마을입니다. 이 마을의 주택이나 건물은 인상적인 바스크 지방 특유의 발코니를 가지고 있었습니다.

이곳 주민들은 과거 바스크 분리 운동 투쟁을 적극적으로 벌인 사실도 있으며, 고유의 바스크 문화에 대한 자긍심 또한 대단하다고 합니다. 마을 분위기는 전형적인 프랑스 시골 모습을 보여주고 있었습니다.

저녁 식사 때까지는 시간이 많이 남아 알베르게 뒤편에 있는 성곽에 올라갔습니다. 성곽이 고풍스럽고 그곳에서 내려다보는 마을 풍경이 멋있더군요. 몸이 피곤해 마을 이곳저곳을 자세히 둘러보진 못하고 대충 둘러본 후 숙소로 돌아왔네요. 나중에 생각해 보니 정말 아름다운 생장피에드포르를 제대로 구경하지 못했다는 게 못내 아쉬웠습니다. 다음에 순례길을 다시 걷는다면 하루 이틀 이곳에 머물면서 프랑스 바스크 지방의 분위기를 맘껏 느껴보고 싶습니다.

알베르게로 숙소로 돌아와 잠깐 낮잠을 잔다는 게 저녁도 거른 채 다음 날 아침까지 죽은 듯이 잠을 잤답니다.

Day 2 : 생장피에드포르 → 론세스바예스, 24km

새벽녘 주변이 시끄러워 잠을 깼습니다. 모두가 출발 준비에 여념이 없습니다. 간단히 숙소에서 주는 비스킷과 커피 한잔으로 아침을 대신하고 깜깜한 새벽을 뚫고 산티아고 순례길 첫날 일정을 시작했습니다.

이제 여행자에서 순례자로, 삶의 순간이 아닌 순례의 시간을 시작하게 되었습니다. 예수님의 충직한 제자인 성 야고보가 묻혀 있다고 알려진 산티아고 데 콤포스텔라 (Santiago de Compostela) 까지 총 800km에 달하는 산티아고 순례길을 뚜벅뚜벅 걸어갑니다.

날이 흐리더니 급기야 비가 한두 방울 내리기 시작합니다. 우의를 꺼내 입고 배낭에 우의 커버를 씌우고 출발합니다. 어제 순례자 사무실 프랑스 자원봉사자 할머니가 피레네 산 정상에 폭설이 내렸으니 피레네산맥을 바로 넘어가는 나폴레옹 루트보다는 발카를로스(Valcarlos) 루트로 우회하라고 해서 그렇게 하기로 했습니다. 피레네 산 입구에서 오른편 목장길을 따라 걷기 시작합니다. 양과

소들이 드넓은 목초지에서 풀을 뜯고 있는 모습이 마치 스위스 어느 산골 지방에 온 듯합니다. 날씨가 좋았더라면 경치가 좋다는 오리손 (Orisson) 산장 쪽 정상적인 루트로 갔을 텐데 못 가게 되어 무척 아쉬웠답니다. 그  러나 우회도로 쪽 경치도 좋았습니다.

발카를로스로 가는 목장길을 한참 걷다 보니 프랑스와 스페인 국경이 맞닿은 곳에 큰 쇼핑몰이 있습니다. 그곳에 들러 커피 한 잔을 마신 후 11km 정도 지점에 있는 발카를로스까지 빗속을 걸어갔습니다. 우회 루트로 대략 24km 정도 걸어가면 오늘 숙박 장소인 론세스바예스 수도원이 나온다고 합니다. 이 가운데 17km 정도가 산 가장자리를 돌아가는 오르막길인데, 비를 맞으면서 걷는 게 쉽지만은 않더군요. 더더욱 10kg의 배낭을 메고 걸어야 하는 것이 보통 일은 아니었습니다. 힘이 들 때는 등산용 방석을 꺼내 빗속임에도 아무 데나 앉아서 쉬기를 반복했습니다. 죽을 맛이었습니다. 신발에 빗물이 스며들어 발가락에 물집이 잡히는 것 같았습니다. 가쁜 숨을 몰아쉬면서도 묵묵히 걸었습니다.

산 정상으로 향하는 마지막 마의 구간 4.8km를 거친 비바람 속에서 정신없이 걷다 보니 피레네 산을 넘어오는 정상적인 나폴레옹 길과 만나는 교차점에 도착했습니다. 이제는 내려가는 일만 남은 것 같습니다. 멀리 발아래 보이는 론세스바예스(Roncesvalles) 성당이 안도감을 줍니다. 아침 6시 30분에 출발했으니 9시간 이상을 걸은 셈이지요. 이제 살았다는 안도의 한숨이 절로 나옵니다.

론세스바예스는 수도원과 부속 건물 몇 개가 전부인 작은 마을입니다. 이곳은 프랑스에서 피레네산맥을 넘어 스페인 영토로 발을 들여놓은 순례자에게 각종 편의를 제공해 주는 곳이며, 유명한 샤를 마뉴(Charlemagne)와 롤랑(Roland), 그리고 론세스바예스 전투와도 관련이 있는 역사적인 장소이기도 하지요.

늦게 도착했는지 신관 건물 숙소에는 침대가 남아 있지 않아, 옛날 성당 건물에 있는 오래된 숙소를 배정받았습니다. 거의 70~80명이 강당 같은 곳에서 함께 잠을 자는 것 같습니다. 오래된 철제 침대는 움직일 때마다 삐걱거리는 소리가 심하게 나고, 높이도 만만치 않아 자다가 떨어진다면 죽을 수도 있을 것 같았습니다. 그리고 한 사람이라도 코를 골면 방 전체가 공명이 되어 무척 소란스러울 것도 같네요.

점심을 먹지 않고 온종일 걸었더니 배가 고픕니다. 일단 주방에서 한국에서 가져온 라면을 끓여 허기를 때웠습니다. 알베르게 주방 시설이 아주 잘 되어 있더군요. 스파게티나 피자 등 간편식을 파는 자판기도 있습니다. 저녁 8시쯤 한국에서 온 순례자 몇 명과 함께 숙소 가까이 있는 레스토랑에서 순례자 정식으로 닭고기와 파스타, 그리고 포도주를 먹었습니다. 저녁을 먹으면서 한국에서 온 순례자들끼리 순례길 정보도 교환하고 서로를 격려하는 시간도 가졌답니다.

눈에 띄는 한국인 순례자 한 분이 있었습니다. 분당에서 오셨다는 홍준호 선생님이신데, 올 해 연세가 70세로 칠순 기 념으로 산티아고 순례길에 왔다고 합니다. 처음 순례길 에 간다고 할 때는 가족들의 반대가 심했으나 고집을 피 워 오게 되었다고 합니다. 본인은 영어를 거의 하지 못  한다면서 안내 책자에 있는 일정에 따라 추천하는 숙소나 루트를 따라 걸으면 충분히 순례길을 걸을 수 있다고 하십니다. 용기가 대 단합니다.

비바람 속에서 산길을 힘들게 걸어서 그런지 조금 마신 포도주 에 취기가 바로 오릅니다. 곧바로 알베르게 숙소로 돌아왔습니다. 코 고는 소리가 천둥소리처럼 들렸지만 피곤해서인지 조금 뒤척이 다 깊은 잠에 빠졌습니다.

Day 3 : 론세스바예스 → 수비리, 23km

이른 새벽부터 이곳저곳에서 짐을 싸는 소리로 시끄럽습니다. 도저히 잠을 더 잘 수가 없습니다. 침대를 정리한 후 가벼운 스트레칭을 마치고 07:00쯤 밖으로 나와 길을 나섭니다.

비가 내리기 시작해서 우의를 꺼내 입고 걸어갑니다. 알베르게를 나오자마자 산티아고까지 790km가 남았다는 안내판이 있어 그 앞에서 기념사진을 찍었습니다. 오늘은 수비리(Zubiri) 마을까지 23km 여정입니다. 이 구간은 프랑스 길에서 가장 아름다운 길 중 하나로 알려져 있습니다. 론세스바예스 성당 알베르게에서 투숙했던 순례자들이 한꺼번에 나와서 출발하니, 마치 줄을 서서 걸어가는 듯합니다.

출발한 지 30분을 지나서 작은 마을 아우리츠(Auritz)에 있는 산미겔 카페(San Miguel cafe)에서 토르티야와 커피로 아침을 먹었습니다. 순례길에서 처음으로 먹는 아침입니다. 시간이 일러서 그런지 빵을 목에 넘기기가 힘듭니다. 따뜻한 국물이 너무 먹고 싶었습니다. 도로를 따라 형성된 부르게테(Burguete) 마을을 지나 에스피날(Espinal)까지는 길이 평탄해서 걷기가 좋습니다. 부르게테는 빨간색 창문을 가진 전형적인 나바라 지방 분위기를 가지고 있는 조용한 마을입니다. 프랑스 문호 빅토르 위고(Victor Hogo)가 한동안 머물렀고, 미국 작가 어니스트 헤밍웨이(Ernest Hemingway)가 이곳에서 '태양은 다시 떠오른다'라는 소설을 집필하였다고 합니다. 역사적으로는 프랑스 샤를 7세 국왕의 스페인 원정과도 관련이 있는 역사적인 마을이기도 하지요.

메스키리츠 고개(Alto de Mezkiritz) 이후부터는 오르막과 내리막이 반복되는 길입니다. 비가 추적추적 오는 숲길을 걸으니 기분은 좋습니다. 4월의 끝자락을 지나는 시기의 나뭇잎 색깔도 싱그러운 연초록이어서 눈이 맑아지고 기분이 상쾌합니다. 다만 비를 맞고서 걷는 게 쉽지는 않았습니다. 특히 수비리를 3.4km쯤 남겨 놓은 내리막 자갈길은 위험하고 힘이 들었습니다. 자칫 잘못하면 굴러 넘어질 것도 같았습니다.

거의 9시간을 걸어 오늘의 목적지인 수비리에 도착했습니다. 수비리는 바스크어로 "다리의 마을"이라는 뜻입니다. 그래서 그런지 마을 입구 아르가(Arga)강 위로 라비아(Rabia)라는 고색창연한 다리가 있습니다. 이 마을은 나  바라 지방 순례길 마을 중 인구가 가장 많다고 합니다.

마을에 들어서 초입에 있는 살디코(Zaldiko)라는 사설 알베르게에 머무를까 했지만, 남은 침대가 없다고 해서 마을 안쪽 공립 알베르게에서 하루를 묵기로 했습니다. 이 알베르게는 학교 강의실을 개조해서 만든 곳인데, 시설은 아주 열악했습니다. 그러나 선택의 여지가 없었습니다. 독일 유학생 진덕이는 침대를 못 잡아, 마을 체육관에 매트를 깔고 하룻밤을 지내기로 했다네요. 해마다 5월 노동절 휴가철 기간이면 유럽에서 순례객들이 몰려와 순례길에서는 숙소 대란이 벌어진다고 합니다. 여정 내내 이렇게 순례객이 많으면 어쩌나 걱정이 됩니다.

간단히 샤워와 빨래를 하고 근처 Bar에서 포도주와 순례자 정식으로 저녁을 먹고, 9시도 안 되는 시간에 잠자리에 들었습니다. 유럽은 저녁 10시 정도가 되어서야 어두워집니다. 오늘은 빗속에서 정신없이 걷던 하루였습니다. 내일도 아무런 사고 없이 무사히 걷기를 바라면서 잠을 청합니다.

Day 4 : 수비리 → 팜플로나, 20.5km

비가 많이 내리고 있습니다. 07:00쯤 가볍게 스트레칭을 하고 세찬 빗속을 뚫고 걸어갑니다. 출발 첫날부터 3일째 되는 오늘까지 계속해서 비가 내리고 있어 정말 걷기가 힘듭니다. 방수되는 등산화라고는 하지만, 연일 비를 맞아서인지 슬슬 물기가 스며드는 것 같습니다. 왼쪽 발가락 사이에 물집도 약간 잡히기 시작합니다.

프랑스 순례길에서는 오늘 코스가 오르막이 없어 비교적 쉽다고는 하지만, 비가 와서 젖어 있는 진흙 길을 걷는 게 만만치가 않습니다. 무엇보다도 비가 내리면 지칠 때 앉아 쉬기가 어렵다는 점이 가장 아쉬웠습니다. 그렇지만 비가 오는 것에 아랑곳하지 않고 등산용 깔개를 깔고 아무데나 앉아서 쉬곤 했습니다.

아케레타(Akerreta)와 수리아인(Zuriain) 마을 사이에 있는 아름다운 물푸레나무와 검정 버드나무가 힘들게 걷고 있는 순례자들에게 작으나마 위안을 줍니다. 도중에 만나는 트리니닷 데 아레(Trinidad de Arre) 마을은 순례자나 관광객을 위한 숙소가 잘

갖춰져 있는 아름다운 곳으로 알려져 있습니다. 과거 나바라 지역에서 군사적으로나 상업적으로 중요한 요충지였다고도 합니다.

비가 오는 순례길에는 달팽이가 자주 보입니다. 우리나라 달팽이보다는 크기가 훨씬 커서 징그럽기까지 합니다. 걸으면서 밟지 않으려 노력합니다만 길가에 너무도 많아 부지불식간에 많이 밟아 죽였을 것 같습니다. 또한 순례길에는 죽은 이를 추모하는 십자가와 비석들이 간간이 보입니다. 아마도 순례길을 걷다가 죽은 사람들을 추모하기 위해 세워진 것들인 모양입니다.

팜플로나 도심을 들어가는 입구에서 고풍스럽고 아주 멋있는 수말라까레기 성문(Portal de Zumalacarregui)을 만납니다. 그곳을 지나 시내 쪽으로 들어가면 3층 높이의 팜플로나 시청이 있습니다. 아주 아름다운 건물입니다. 팜플로나의 소몰이 축제를 다루는 TV 영상에서 많이 본 건축물이어서 반갑기까지 하더군요.

팜플로나는 오랜 역사를 가진 건축물과 축제가 유명한 곳입니다. 특히, 이곳에서는 매년 7월에 산페르민축제(Festas de San Fermin)가 열리는데, 이 시기에 많은 관광객이 찾아와서 다이나믹한 황소 몰이 축제를 즐긴다고 합니다. 축제 때는 좁은 골목길에 성난 황소들을 풀어 놓아 간혹 축제를 구경하러 온 사람들이 소에 받쳐서 다치거나, 죽기도 한다고 합니다. 또한 팜플로나는 음식으로도 아주 유명한 도시입니다. 어떤 레스토랑에 가더라도 고기와 치즈, 신선한 송어요리를 맛볼 수 있으며, 근처 지역에서 생산되는 포도주 역시 맛이 아주 뛰어나 스페인의 대표적 와인으로 인정받고도 있습니다.

대성당 근처 공립 알베르게 (Jesus y Maria)에 숙소를 잡았습니다. 새로 리모델링을 해서인지 깨끗하고 세련되었고, 주방과 빨래하는 곳도 잘 되어 있습니다. 프랑스 순례길에서 최고의 알베르게라고 하는데 사실인 것 같습니다. 110여 개의 침대가 있음에도 전혀 시끄럽지 않고, 와이파이 상태도 좋고 주방 시설도 깨끗해서 편안한 하루를 보낼 수 있었습니다.

알베르게 등록을 마치고 팜플로나 시내를 구경하고 있는데, 몸이 불편한 한국인 부부를 만났습니다. 이들은 뒤늦게 도착하여 숙소를 구하지 못했다고 합니다. 그래서 호스텔을 알아봐 줬습니다. 또한 남편이 엉치뼈가 많이 안 좋다고 해서 제가 가지고 있던 파스와 진통제를 주기도 했습니다. 순례길에서는 서로 도와주고 배려하는 마음이 누가 시키지 않아도 생기는 것 같습니다.

오늘(5월 3일)은 결혼기념일입니다. 와이프와 장시간 통화를 했습니다. 혼자 외롭게 길을 걷고 있다 보니 와이프 생각이 많이 납니다. 결혼해서 이렇게 오랫동안 떨어져 있던 적이 없어서 더더욱 그런 모양입니다.

해 질 무렵 팜플로나 중앙 광장에 나갔습니다. 유럽이 광장문화라고 해서 그런지 스페인 역시 어디를 가나 도시 중앙에 광장이 있어 주민들이 모여 즐겁게 흥겨운 시간을 보내고 있더군요. 광장에서 멍하니 앉아 지나가는 사람들을 구경하다가 피곤해서 일찍 알베르게로 돌아왔습니다.

며칠간 빗속에서 걸었더니 발에 물집이 생겨 걷기가 부자연스럽습니다. 물집도 물집이지만 무릎에 통증이 오기 시작해서 무릎과 발목을 마사지하고 잠자리에 듭니다. 오늘도 이곳저곳에서의 코골이 합창으로 잠을 이루기가 어렵습니다.

Day 5 : 팜플로나 → 마네루, 30km

어제 와이프와 오랫동안 통화도 하고, 쾌적한 숙소에서 모처럼 숙면도 했습니다. 컵라면과 요구르트로 간단히 아침을 먹고 길을 떠납니다. 오늘은 아름다운 '왕비의 다리'가 있는 푸엔타 라 레이나(Puente La Leina)까지 25km를 걸을 계획입니다.

팜플로나 나바라 대학 캠퍼스와 도심지를 빠져나오는 데만 1시간 이상이 걸렸습니다. 팜플로나 베드타운 마을인 시수르 메노르(Cizur Menor)에 들어서자, 멀리 페르돈 고개(Alto de Perdon)에 있는 풍력발전기가 시야에 들어옵니다. 일명 "용서의 고개"라고 하는 페르돈 고개는 해발 750m 높이에 있습니다. 고개 너머에는 "왕비의 다리"로 유명한 푸엔테 라 레이나(Puente la reina)가 있답니다. 고개까지 가는 여정은 길고도 지루했지만, 가는 길 내내 지천에 펼쳐진 밀밭과 유채꽃밭이 순례자의 눈을 즐겁게 해줍니다. 유채꽃과 밀밭이 지금까지 우리가 봤던 규모와는 비교가 되지 않게 어마어마하게 펼쳐져 있습니다.

산책을 나온 스페인 주민들이 올라! 내지는 부엔 카미노! 라는 인사말로 순례자들에게 반가움을 표시합니다. 보통 순례길에서 만나는 현지인에게 길을 물어보면 아주 친절하게 알려준다고들 합니다.

몇 개의 마을을 지나 고개 정상에 다다르기까지는 가파른 산길로 이어져 있어 체력적으로 힘이 들었습니다. 언덕에 가까워질수록 세찬 바람까지 불어 숨을 제대로 쉴 수가 없습니다. 그리고 발가락 사이 물집 때문인지 오르막길을 걷는 데 어려움이 많습니다. 죽을 힘을 다해 정상에 올랐습니다.

'페르돈 고개' 정상에는 1996년 나바라 카미노 협회(Amigos del Camino de Santiago en Navarra)에서 조각가인 빈센테 갈베테(Vincente Galbete)에게 의뢰해서 제작한 철제 조형물 14개가 거센 바람을 맞으며 서 있습니다.
여기 조형물은 걷는 사람이나, 말이나 당나귀를 타고 순례하는 사람들의 모습을 실제크기로 표현해 놓았습니다.

조각품 중 하나에는

"별이 지나가는 길을 따라 바람이 지나가는 곳(Donde de Cruza del Camino del Viento con el de las Estrellas)"

이란 문구가 새겨져 있네요.

보통의 순례자들은 이 고개에서 살아 온 자신들의 삶에 대한 회한과 용서의 시간을 갖는다고 합니다. 그리고 철제 조형물을 배경으로 기념사진을 찍곤 하는데, 풍력발전기와 저 멀리 내려다보이는 드넓은 밀밭과 함께 찍으면 정말 멋있는 인생 사진이 된답니다. 이곳에서 잠깐의 휴식을 가지고 다시 출발했습니다. 페르돈 고개에서 푸엔테 라 레이나로 가는 길은 크고 작은 자갈이 깔린 급경사 내리막길입니다. 몇 번이나 미끄러져 넘어질 뻔했습니다.

우테르가(Uterga)를 거쳐 늦은 점심을 오바노스(Obanos)에 있는 Bar에서 보카디요와 커피로 했습니다. 팜플로나 알베르게에서 만나 알게 된 홍콩인 친구가 오늘 일정을 여기서 마무리하는 게 좋을 것 같다면서 그렇게 하자고 합니다. 몸도 피곤해서 그럴까도 생각했지만, 원래 계획한 대로 길을 계속 가기로 했습니다.(오바노스에서 멈췄어야 하는데, 그렇게 하지 못했던 것을 나중에 얼마나 후회했는지 모릅니다.)

뜨거운 태양이 절정을 이루고 있는 오후 3시쯤 푸엔테라 레이나에 도착했습니다. 페르돈 고개까지의 오르막길 여정을 포함해서 25km 정도를 걸었더니 다리에 쥐가 날 정도입니다. 빨리 숙소에서 쉬고 싶은 마음뿐이었는데, 마을 입구 사설 알베르게 하쿠에(Jakue)에 남은 침대가 없다고 합니다. 마을 안쪽 몇 군데 호스텔과 알베르게마저도 노동절 휴가로 많은 순례자가 몰려와 빈 침대가 없다고 합니다. 한참을 생각하다가 5km 떨어진 작은 마을 마네루(Maneru)에서 머무르기로 하고 계속 길을 걸었습니다.

"여왕의 다리"를 건너 산길로 접어들 때까지의 풍경은 아주 좋았으나, 마을을 벗어나 산길로 올라가니 그늘 하나 없는 땡볕입니다. 이렇게 힘들 줄 알았다면 어떻게든 푸엔테 라 레이나에서 숙소를 구했을 텐데, 너무 성급하게 다음 마을로 가기로 한 것 같아 후회막급이었습니다. 이미 25km를 걸어 탈진한 상태에서 다시 5km를 더 걸으니 거의 반죽음 상태입니다. 기어가다시피 마네루 광장 모퉁이에 있는 알베르게에 도착했는데, 아뿔싸, 거기도 남아 있는 침대가 없다는 게 아니겠습니까?

망연자실해서 바닥에 앉아 있는데, 저와 같은 처지의 스페인 부부가 오늘은 다른 곳에서 자고 내일 이곳에서 다시 출발하자고 제안하더군요. 그래서 그들과 함께 택시(10유로)를 타고 가장 가까운 마을인 아예기(Ayegi)로 가서 하룻밤을 묵고, 내일 이곳으로 다시 오기로 했습니다. 원래 순례길은 전체 여정을 무동력, 다시 말해서 도보나 승마, 자전거, 마차 등으로만 걸어야지만 순례길 완주를 인정해줍니다. 그래서 내일 택시를 탄 곳으로 다시 오기로 한 것이랍니다.

오늘 밤에 묵을 아예기 공립 알베르게는 마을 체육관에 침대만 갖다 놓은 임시 숙소 같은 곳이었습니다. 체육관 한쪽에서는 주민들이 운동하고 있고, 한쪽에서는 순례자들이 잠을 자는 열악한 상태였지만, 불평할 처지는 아니었지요. 다행히 그곳에서 선생님으로 은퇴한 한국인 순례자를 만나 함께 저녁을 먹고 얘기를 하면서 시간을 보내다가 내일 새벽 마네루로 다시 가야 해서 일찍 잠자리에 들었습니다.

아쉬운 점은 아름다운 푸엔테 라 레이나에 머물면서 마을 구경도 하고 "여왕의 다리'도 자세히 감상했어야 했는데 그렇게 하지 못한 것이 아쉬웠습니다.

Day 6 : 마네루 → 에스테야, 17km

06:00쯤 예약한 택시(28유로)를 타고 오늘 일정을 시작할 마네루(Maneru)로 다시 갔습니다. 어제 30km 정도를 걸었기에 오늘 에스테야(Estella)까지 비교적 짧은 거리인 17km만 걸으면 된다고 생각하니 마음이 한결 가볍습니다. 마을 광장 급수대에서 식수를 보충하고 노란색 화살표를 따라 발걸음도 가볍게 걷기 시작합니다. 날씨도 너무 화창하고 등 뒤에서 떠오르는 태양을 온몸으로 받으니 따뜻해서 좋습니다.

마네루는 오래된 집과 건물이 잘 보존된 전형적인 스페인 북부 지방의 농촌 마을입니다. 마을을 벗어나면 포도밭이 연이어 펼쳐져 있습니다. 주변 길은 마치 산책길인 것처럼 말끔하고 호젓합니다. 또한 이곳은 리오하 지방에서 포도주를 생산하는 중심 마을이기도 하답니다. 이어서 넓은 목초지와 포도밭을 지나 바스크어로 "살모사의 둥지"라는 뜻을 가진 시나우끼(Cirauqui) 마을에 도착했습니다. 살모사가 똬리를 틀고 있는 듯한 모습의 이 마을은 언덕 위에 있어서 걸어 올라가는 데 약간 힘이 들었습니다. 그러나 마을과 주변 풍광은 아주 멋있었습니다.

아침을 어디서 먹을까 고민하다가 로르카(Lorca)에서 먹기로 했습니다. 08:40쯤 마을 끝에 있는 알베르게 겸 카페에 도착해서 아침으로 크루아상과 커피를 마시고 잠깐 쉬었다가, 기념 스탬프(Seyo)를 찍고 난 후 다시 출발합니다. 에스테야까지는 거리도 짧을 뿐만 아니라 이른 아침에 출발한 덕에 12시 이전에 에스테야에 도착했습니다. 매일 25km 정도를 걷다가 오늘 걸은 17km 정도는 식은 죽 먹기였습니다.

마을 중심가에 있는 공립 알베르게에는 침대가 없어, 시설은 좀 떨어지나 평점이 그리 나쁘지 않은 기부제 알베르게인 산미겔 알베르게(San Miguel Parroguial)에 짐을 풀었습니다. 내일 여정에서 필요한 간식거리를 사려고 나갔는데, 휴일에다 악명높은 시에스타(Siesta) 시간까지 겹쳐서 모든 마트나 상점이 닫혔네요. 아무것도 살 수가 없었습니다. 스페인은 주말이나 휴일은 영업하지 않는 가게가 많고, 평일에도 시에스타 시간(대략 오후 13:00 ~ 16:00)에는 마트나 식당들 대부분이 문을 닫습니다.

빨래를 알베르게 뒷마당에 널고 모처럼 스페인의 뜨거운 햇살 아래에서 망중한을 즐기고 있는데, 순례자가 아닌 듯한 한국분이 아는 체를 합니다. 이분은 에스테야에서 태권도장을 운영하고 계시는 임 유수라는 분인데요. 나중에 알고 보니 가끔 순례길에 관한 글에 등장하는 분이라고 합니다. 그분이 저와 홍준호 선생님을 알베르게 앞에 있는 자기 아파트에 초청해서 맛있는 비빔밥과 고깃국, 좋은 포도주를 대접해 주시는 데 정말 감동이었습니다. 저희만이 아니라 가끔 한국 순례자들을 이렇게 대접한다고 합니다.

20년 전 스페인에 이민을 와서 태권도장을 운영하는데, 이제 기반도 어느 정도 잡았다고 하네요. 본인이 이곳 에스테야에 오기 전에는 한국 여자배구 선수가 에스테야를 연고로 하는 배구팀에서 뛰었다고도 합니다. 우리하고 연령대도 비슷해서 한참이나 스페인 생활에 관한 이야기를 했습니다. 모처럼 한국 음식으로 포식하니 몸과 기분이 한결 좋아집니다.

에스테야는 비교적 큰 도시입니다. 기념물이나 문화재도 제법 있어 스페인 '북쪽의 작은 톨레도'라고도 불리고 있습니다. 에스테야란 말은 바스크 언어로 '별'이라는 뜻이라 합니다. 지금은 도시 규모가 많이 줄었으나, 옛날 나바라왕국에서는 국왕이 즉위할 때 에스테야의 성당에서 왕위 선서를 했을 정도로 영향력 있는 도시였다고 하네요. 에스테야에서는 시간 여유가 많아 힘들었던 몸을 쉴 수 있는 시간을 가져서 좋았습니다. 오늘까지 100km를 걸었다는 사실에 정말 마음이 뿌듯합니다.

내일은 포도주를 수도꼭지에서 무료로 마실 수 있다는 이라체 수도원을 거쳐, 로스 아르코스(Los Arcos)까지 가는 여정입니다.

Day 7 : 에스테야 → 로스 아르코스, 21.5km

　어제는 17km밖에 걷지 않고 일찍부터 알베르게에서 쉬어서인지 일어나니 기분이 상쾌합니다. 날씨 역시 화창합니다. 오늘은 한국 인들에게 유명한 이라체 수도원(Monasterio de Santa Maris de Irache)을 지나 로스 아르코스(Los Arcos)까지 가는 여정입니다.

　이라체 수도원은 수도원 앞 수도꼭지 한 군데에서는 포도주가 무상으로 나오고, 다른 한쪽에서는 먹는 식수가 나온다고 해서 유 명합니다. 보통 순례자들은 이곳에 들러 무료로 주는 포도주를 마 시거나 물통에 담아 간다고 하네요. 옛날 중세 때는 지금의 이라체 수도원 자리에 병원이 있어서 그곳에서 가난하고 병이 든 사람들에게 빵과 포도주를 무상으로 주었다고 합니다. 이러한 전통이 지금도 이어져 수도원 수도꼭지 포도주 무료 시음으로 연결되었다고 볼 수 있을 겁니다. 하지만 오늘은 어찌 된 영문인지 수도꼭지에서 포도주가 나오질 않네요. 애석했지만 어쩔 수 없이 사진 한 컷만 찍고 계속 걸었습니다.

순례길 안내 책자에서는 오늘 구간을 지루하고 힘들다는 의미에서 "고독의 길"이라고 부르고 있습니다. 아스께타(Azqueta)와 비야 마요르 데 몬하르딘(Villa Mayor de Monjardin)을 지나 로스 아르코스까지 13km 사이에는 광활한 벌판으로 이어지는 작은길의 연속이었습니다.

무척 지루하고 따분한 길을 걸어 12:30쯤 로스 아르코스 이삭(Isaac) 알베르게에 도착해서 체크인했습니다. 근처 마트에서 바나나와 쿠키를 사 와서 먹고 있으니, 진덕이와 광주 아가씨 연희 일행이 도착합니다. 젊은 이 친구들은 서로 연령대가 비슷해서인지 거의 같이 붙어 다닙니다. 진덕이가 알베르게에서 저녁을 해 먹자고 해서 근처 마트에 쌀과 햄, 당근, 포도주를 사 왔습니다. 모두가 협업해서 볶음밥을 만들어 포도주를 곁들여 맛있게 먹었답니다. 역시 한국인은 밥이 들어가야지만 식사를 제대로 한 것 같습니다.

내일은 로그로뇨(Rogrono)라는 제법 큰 도시를 가게 되는데, 볼거리나 먹거리가 많을 것 같아 조금은 기대됩니다.

Day 8 : 로스 아르코스 → 로그로뇨, 28.5km

오늘은 로스 아르코스에서 로그로뇨까지 28.5km를 걷습니다. 보통의 순례자는 이 코스의 거리가 멀어 보통 19km 지점에 있는 비아나(Viana)에서 숙박하곤 하는데, 저는 다음날 숙박할 곳이 애매해서 로그로뇨까지 가기로 했습니다. 비아나까지는 마을이나 편의 시설이 하나도 없다기에 빨리 출발할 요량으로 아침을 남은 비스킷과 콜라 한 병으로 간단히 때우고 바로 출발했습니다.

05:30쯤 알베르게를 나오니 많은 순례자가 어둠 속에서 걷고 있습니다. 하늘은 잔뜩 흐려있고 어둠이 짙어 플래시가 없으면 아무것도 보이지 않습니다. 여전히 아물지 않고 있는 물집 때문에 걷기가 불편했지만, 빠른 속도로 걸으니 10:30쯤 비아나에 도착합니다. 비아나는 중세 도시 냄새가 물씬 나고 오래된 멋진 성벽도 있는 정감 있고 예쁜 곳이었습니다. 마치 중세로 시간여행을 온 듯한 착각을 일으키게 하네요.

마을 광장 근처 Bar에서 카페 콘 레체(Cafe con Leche) 한잔을 마시고, 물집 잡힌 발도 치료하고 쉬었다가 출발합니다. 로그로

뇨까지 거리가 많이 남아 비아나에서는 오래 머물지 못하고 곧바로 길을 나섰습니다.

13:30쯤 로그로뇨 초입에 있는 인포메이션 센터에서 도시 소개 팸플릿을 얻은 후 도시 안쪽에 있는 공립 알베르게에 도착했습니다. 알베르게가 오픈된 지 오래되었음에도 여전히 줄이 길게 늘어서 있었습니다. 독일 대학생 Ursula가 서 있는 줄 앞에서 침대 배정이 마감되더군요. 난감했습니다.

Ursula가 마을 안쪽으로 가서 다른 알베르게를 찾자고 해서 같이 200m 떨어진 사설 알베르게에 짐을 풀었습니다. Ursula는 대학에서 그리스, 로마 역사를 공부하고 있으며, 독일 드레스덴에 살고 있다고 합니다. 몇 년 전에는 이곳 로그로뇨에서 몇 달 공부를 한 적이 있어 스페인에 대해서는 어느 정도 알고 있다고 합니다.

한국에 대해서는 잘 몰랐지만 오래전 일본으로 여행을 가다 인천 공항에서 환승한 적이 있답니다. 북한 김정은의 세습이나 북한 사정에 대해서도 나름 관심이 많더군요. 이 친구는 독일, 영어, 폴란드어, 스페인어, 불어 등 5개 국어를 완벽하게 할 수 있다고 하는데 정말 부러웠습니다. 그리고 Ursula에게 산티아고 순례길에 독일 사람들이 많은 이유를 물어보니 독일 유명 개그맨이 산티아고 순례길을 걷고 나서 쓴 책이 독일에서 공전의 인기를 끈 이후부터 독일인 순례자가 급증하게 되었다고 합니다.

 Ursula가 로그로뇨에서 타파스 잘하는 곳을 소개해 주겠다고 해서 같은 숙소에 있던 이탈리아 부부와 같이 광장 근처 타파스 bar를 찾아갔습니다. 세상에 태어나 처음으로 타파스라는 것을 먹어 봤는데, 맛도 맛이지만 초밥 접시처럼 적은 양의 음식을 여러 가지 맛볼 수 있는 점이 아주 좋았습니다. 저녁으로 충분히 대신 할 만했습니다.

타파스를 먹고 나오다 독일 광장 근처에서 진덕이와 연희, 그리고 대전에서 간호사로 생활하다 잠시 일을 쉬고 있다는 혜진을 우연히 만났습니다. 이 친구들은 로그로뇨까지 오려니 힘이 들어 비아나에 숙소를 두고 버스를 타고 로그로뇨 시내 구경을 나왔다는데, 저녁을 먹고서 다시 버스를 타고 비아나로 갈 거랍니다. 순례길에서는 여정이 거의 다 비슷해 알베르게 아니면 마을이나 도시 구경하다 만나는 경우가 많습니다.

로그로뇨는 스페인 북부 리오하 지방의 중심도시이며, 인구 15만여 명 정도의 제법 큰 도시입니다. 이곳은 구시가지와 신시가지로 구분되어 있는데, 구시가지는 중세의 모습을 지금까지 유지하고 있어 분위기가 아주 고풍스럽고 좋았습니다. 그리고 로그로뇨가 속한 리오하 지방은 세계적으로 포도주가 유명해서 와인 애호가들이 자주 찾곤 한답니다.

여유 있게 순례길을 걷는 사람들은 이곳에서 2~3일 쉬면서 3시간 정도 떨어진 빌바오(Bilbao) 구겐하임 미술관 구경을 다녀오곤 합니다. 빌바오는 옛날 조선소를 도시재생 작업을 거쳐 세계적인 미술관으로 만들어 많은 관광객을 불러들이고 있는 곳이죠.

저녁 8시쯤 숙소로 돌아와 로비에 앉아 있는데 조지 클루니를 닮은 이스라엘 친구가 아는 체를 합니다. 안 되는 영어지만 꽤 오랜 시간 이 친구와 이야기를 나눴습니다. 대도시에 오게 되면 저녁 늦게까지 술도 한잔하고 시내 구경도 해야 하는데, 혼자 다니는 게 심심해서 빨리 숙소로 들어오게 됩니다.

Day 9 : 로그로뇨 → 나헤라, 31km

길을 떠날 준비로 이른 시간부터 부산합니다. 순례길 알베르게에서는 한국인들처럼 부지런한 사람이 없습니다. 일찍부터 짐을 싸느라 시끄럽게 하는 사람들은 대개는 한국 사람이라고 보면 됩니다. 부지런한 것까지는 좋은데 곤히 잠자고 있는 다른 사람에게 피해를 줘서 옆에서 보기에 민망하더군요. 그런데 같은 숙소에서 만났던 한국 젊은이는 발목이 아주 안 좋아 로그로뇨에서 병원에 다녀왔다고 합니다. 걷는 내내 다리를 절룩거려 걱정됩니다.

아침 6시 정도밖에 되지 않아서인지 밖은 칠흑 같은 어둠입니다. 플래시를 켜고 길을 나섭니다. 조금 걷다 보니 비가 내리기 시작해서 우의를 꺼내 입고 계속 길을 걸어갑니다. 여전히 물집과 발목 아킬레스건이 불편해서 걸음이 부자연스럽네요. 일주일 이상 계속 걷다 보니 이제는 30km가 넘는 길도 크게 부담이 되지 않습니다. 다만 비가 오면 등산화에 물이 스며들어 물집이 악화하는 게 불편할 뿐이죠. 순례길을 준비하면서 등산화를 어떤 것을 신고 오느냐가 고민이었는데 특별히 답이 있는 것 같진 않습니다. 그냥 편한 등산화면 좋을 것 같으며, 다만 발목이 접지를 가능성이 있으니 발목 위를 올라오는 신발이 좋겠지요. 완전 방수가 되는 신발이라도 비가 많이 오면 속수무책으로 물이 스며든답니다.

　나헤라(Najera)로 가는 길 양쪽은 포도밭입니다. 길은 평범한 시골길이고 그다지 험하지는 않았습니다. 나바레테(Navarrete)와 벤토사(Ventosa)를 지나서 오후 1시쯤 나헤라 알베르게에 도착했습니다. 침대 배정을 받고 짐을 풀고 있으니 분당에서 오신 홍준호 선생님도 같은 알베르게에 숙박하고 계십니다.

　홍선생님께서 국물 있는 음식을 먹고 싶다고 하셔서, 자원봉사자에게 중국 식당을 물어보니 마을 중심가에 있다는 소피아(Sofia)라는 식당을 알려줍니다. 거기서 고량주와 중국요리를 시켜 모처럼 거나하게 한잔하고 기름지고 따뜻한 요리로 포식했습니다. 힘이 납니다. 큰 마을이나 도시에는 중국 식당이 있다고 하니 꼭 들려야겠습니다.

Day 10 : 나헤라 → 산토도밍고 데 라 칼사다, 21.5km

　어제 술을 한잔하고 일찍 자서 그런지 새벽 무렵 잠에서 깨었습니다. 잠을 더는 자지 못하고 뒤척이다가 차라리 빨리 출발하는 게 나을 것 같아 침대 정리를 하고 밖으로 나왔습니다.

　날씨도 흐리고 새벽 5시 정도밖에 되지 않는 시간이어서 밖은 어두워 무섭기까지 합니다. 물집과 발목 통증은 여전히 나아지지 않고 있습니다. 악화만 되지 않았으면 좋겠네요. 아소프라(Azofra) 마을을 벗어나기 전에 bar가 있다고 해서 가보니 너무 이른 시간인지 문을 열지 않았습니다. 다음 마을인 시루에나(Ciruena)에도 문을 연 마트나 bar가 보이지 않습니다. 시루에나 마을 지나니 경치가 정말 아름답습니다. 광활한 유채꽃밭과 밀밭이 주는 풍경은 지금까지 본 적이 없는 아름다운 모습입니다. 한동안 유채꽃과 밀밭을 배경으로 사진도 찍고 앉아서 쉬었습니다(이곳에서 찍은 사진들이 저의 순례길의 상징 사진이 되었답니다.)

오후 12시쯤 산토도밍고 데 라 칼사다(St. Domingo de la Calzada)에 도착하자마자 비가 조금씩 내리기 시작합니다. 알베르게 등록까지는 시간이 남아 있어 알베르게 입구 회랑에 쪼그리고 앉아 기다리고 있으니, 날씨도 춥고 배도 고픕니다. Ursula가 추위에 떨고 있는 나를 보더니 기다리는 동안 대성당 구경을 한번 해보라고 권유하더군요. 피곤도 하고 빨리 침대를 배정받고 쉬고 싶은 마음에 그냥 있겠다고 했습니다.

이곳 공립 알베르게는 상당히 깨끗하고 시설이 준수합니다. 무엇보다도 알베르게에 상주하면서 다친 순례자를 치료해 주는 자원봉사자가 있어 몸 상태가 좋지 않은 사람들을 도와주는 게 인상적이었습니다. 저 역시 악화한 물집과 발목을 자원봉사자에게 치료받았습니다. 치료를 해주는 데 친절하기 그지없습니다.

저녁은 비도 오고 해서 인근 마트에서 생닭 다리를 사 와서 알베르게에 남아 있던 쌀을 넣어 닭죽을 끓여서 먹었습니다. 식사를 마치고 알베르게 근처 대성당을 구경했습니다. 이곳 대성당과 마을은 도둑으로 몰려 죽은 청년에 대한 전설로 알려진 "닭의 기적"이라는 이야기로 유명한 곳이랍니다. 그래서 이곳은 마을 이곳저곳 닭과 관련된 상징물이 많이 있습니다. 저녁을 먹은 뒤 비도 오고 울적해서 와이프에게 전화했습니다. 전화 너머로 들리는 목소리는 밝았는데, 정말 잘 지내고 있는지 모르겠네요. 혼자서는 잠을 잘 자지 못하고 악몽을 자주 꾸는 편인데, 그게 제일 염려가 됩니다. 알베르게 게시판에 내일 새벽 5시 대성당 앞에서 성인 축일과 관련된 공연이 있다는 공지를 보았는데 만약 그 시간에 일어나면 한번 가보려 합니다.

Day 11 : 산토도밍고 데 라 칼사다 → 벨로라도, 23km

늦잠을 잤습니다. 가벼운 스
트레칭만 하고 길을 떠납니다.
구름이 잔뜩 끼었지만, 비가
올 것 같지는 않습니다. 여전
히 아름다운 밀밭 길을 따라
걷습니다. 이슬 맺힌 길섶 풀
들 사이로 달팽이들이 보입니
다. 행여 밟지나 않을까 조심
스레 지나갑니다.

"부엔 카미노(Buen Camino)! (좋은 순례길이 되길 바란다는 의미
의 스페인 인사말)"

만나는 사람마다 순례길 인사말을 건넵니다. 6.5km 정도를 걸
어 그라뇽(Granon) 성당 앞 광장에 있는 bar에서 빵과 커피로 아
침을 먹었습니다. 이른 아침부터 빵을 먹자니 힘이 드는 건 어쩔
수가 없네요. 충분히 잠을 자고 푹 쉬어 그런지 아픈 발목과 물집
상태도 많이 좋아진 것도 같습니다. 어제 알베르게 자원봉사자의
치료가 효험이 있었나 봅니다. 돌팔이 치료사는 아닌 것 같네요.

걷는 도중 한국으로부터 어머니 전화를 받았습니다. 순례길을 걷고 있는 걸 모르시는지, 한참 동안 자식들에 대해 섭섭함을 이야기 하시면서 눈물 바람을 하십니다. 전화를 받고 난 후 마음이 편칠 않아 걷는 내내 우울했습니다.

산토도밍고 데 라 칼사다에 서 벨로라도까지 가는 도중에 는 2~3km마다 마을들이 잇 달아 있어 지루하지는 않았습 니다. 식수가 나오는 수돗가 도 많아 물 보충도 쉽고, 구 멍가게도 간혹 있어 필요한 간식거리도 살 수 있어 좋았  습니다. 12시가 조금 넘어 벨로라도 마을 입구에 있는 성당에서 운영하는 공립 알베르게에 갔으나 사람들이 너무 많습니다. 사설 알베르게가 한적할 것 같아 마을 안쪽에 있는 사설 알베르게에 짐 을 풀었습니다.

빨래와 샤워를 마치고 어머니와의 통화가 마음에 걸려 와이프한 테 전화해서 하소연하니 무거웠던 마음이 조금은 풀리더군요. 오후 가 되니 날씨가 화창해져 햇볕 아래에서 모처럼의 한가한 시간을 가졌습니다.

그런데 어제 알베르게에 같이 있었던 Ursula가 보이질 않습니 다. 아마 덜 왔거나 이미 벨로라도를 지나갔을지 모르겠습니다. 드 디어 리오하 지방의 조용하고 오래된 마을 그라뇽을 지나 부르고 스 지방으로 왔다는 사실에 마음이 뿌듯합니다. 내일은 아헤스 (Ages)까지 갈까 하는데, 몸살감기 때문에 걱정이 됩니다.

Day 12 : 벨로라도 → 아헤스, 28.5km

오늘 여정 후반부에 고지대를 올라가야 한다는 부담과 만만치 않은 28.5km의 거리 때문에 이른 시간인 06:00쯤 알베르게를 출발했습니다. 플래시를 켜고 가는데도 주변이 너무 깜깜해서 순례길 화살표 표식도 보이지 않아 앞서가고 있는 순례자만 무작정 따라 갔습니다. 6km 정도를 갔을까 그가 갑자기 돌아서 오는 게 아니겠습니까? 길을 잘못 들었다면서요.

갑자기 맨붕이 오더군요. 새벽길 6km면 거의 한 시간 이상을 걸었던 거리인데, 새벽부터 헛고생했다고 생각하니 허탈합니다. 다시 출발했던 알베르게 쪽으로 오다 보니 다리 밑으로 노란색 화살 표가 보이더군요. 너무 깜깜해서 그것을 보지 못한 모양입니다. 하 긴 순례길에서는 화살표를 보지 못해 길을 헤매는 경우가 허다하 니까요. 이것도 순례길 여정의 일부라 생각하는 게 마음이 편할 듯 합니다. 1시간 이상을 헤맸지만, 워낙 일찍 출발한 탓에 오후 1시 쯤 아헤스에 도착해서 마을 입구 쪽 사설 알베르게(6인실)에 여장 을 풀었습니다.

땀으로 젖은 속옷 빨래와 샤워를 마치니 중국에서 사 업을 하는 교포 부부가 같이 와인을 마시자고 합니다. 그 들은 내일 부르고스까지만 걷고 귀국한다면서, 다음에 기회가 된다면 부르고스에서 다시 순례길을 시작하겠다고 합니다.

저녁은 홍준호 선생님과 함께 공립 알베르게에 딸린 레스토랑에 서 순례자를 위한 '오늘의 메뉴(Menu del Dia)'를 먹었는데, 양고 기와 수프 맛도 좋고 가격도 저렴해서 맛있게 먹었습니다. 홍준호 선생님은 정말 대단합니다. 나이가 드셨음에도 체력이 젊은 사람 못지않게 좋으시고, 언어 소통이 힘드셔도 아무런 어려움 없이 묵 묵히 순례길을 걸으시고 있답니다.

Day 13 : 아헤스 → 부르고스, 25.5km

메세타 고원이 가까워져서인지 새벽 날씨가 무척 춥습니다. 몸살 기운이 있어서 잠을 자면서도 침낭이 너무 춥다는 생각이 들었습니다. 06:40쯤 알베르게를 나섰는데 찬 기운이 온몸을 휘감습니다. 바람막이 점퍼를 꺼내 입고 종종걸음으로 걷습니다. 중간에 있는 bar에서 따뜻한 커피와 아침을 먹고 싶었는데, 문을 연 곳이 하나도 없네요. 걷는 길도 지루하기 그지없습니다. 아마도 컨디션이 좋지 않아 더욱 힘들게 느껴지는 것 같습니다.

아타푸에르카(Atapuerca)를 지나자 길은 자갈길이어서 걷기가 쉽지는 않습니다. 아타푸에르카는 멸종된 네안데르탈인 이전 인류로 알려진 '호모 안테세소르(Homo Antecessor)'의 유적지가 있는 곳으로 세계 고고학계에서는 아주 유명하다고 합니다.

힘겹게 걷고는 있지만 대도시인 부르고스(Burgos)에 간다는 생각에 더욱더 힘을 내서 걸었습니다. 부르고스 공항 근처에 오니 거리가 짧은 공단지역을 통과하는 길과 시간은 조금 더 걸리지만 작은 시냇가와 숲길을 따라 걷는 갈림길이 나옵니다. 몸도 지쳐 있으니 되도록 거리가 짧은 길로 가자는 제 의견을 같이 걷던 홍선생님도 동의를 해줘서 공단을 통과하는 길로 가기로 했습니다. 정말 패착이었습니다. 4.5km 정도의 공장지대를 통과하려니 공기도 안 좋고 딱딱한 아스팔트 때문에 발목이 아파서 죽을 지경이었습니다. 길가에 퍼질러 앉아 쉬다가 걷기를 반복했습니다. 12시가 다 되어서 스페인 국토회복 운동인 레콩키스타(Reconquista) 중심지인 부르고스 시내에 도착했습니다.

시내 초입에서 오늘 투숙하기로 한 대성당 부근 공립 알베르게까지는 다시 3km 정도를 더 가야 합니다. 알베르게 등록 시간인 오후 1시 이전에 도착해서 알베르게 입구에 배낭을 놔두고 바로 옆 산타마리아 대성당을 관람했습니다.

부르고스 산타마리아(Santa Maria) 대성당은 톨레도 대성당, 세비야 대성당과 더불어 스페인의 3대 성당중 하나랍니다. 완벽한 고딕식 대성당으로 규모가 정말 웅장합니다. 동서남북에 있는 문 위에는 성경과 관련된 조각들이 새겨져 있어 하나하나 보는 재미도 좋았습니다.

부르고스는 옛날 스페인 카스티야 왕국의 수도였으며 스페인 내전 당시에는 프랑코 총독의 공화파를 지지했던 도시로 정통 가톨릭 성향이 강한 보수적인 도시랍니다. 우리가 예전에 봤던 찰턴 헤스턴과 소피아 로렌이 주연했던 "엘시드(El Cid)"의 주요 무대가 되었던 곳이죠. 영화의 실제 역사 속 인물인 엘시드가 이곳 부르고스 태생입니다. 이슬람과의 싸움으로 스페인의 역사적 영웅으로 칭송받는 엘시드는 죽어서 이곳 산타마리아 대성당에 안치되었다고 합니다.

성당 주변에 타파스 bar와 레스토랑이 많이 있어 늦은 점심을 케밥 가게에서 케밥과 콜라로 간단히 하고 대성당 주변을 돌아보았습니다. 부르고스는 스페인 북부 지방에서 가장 큰 도시이며 교통의 중심지라 그런지 화려한 가게와 쇼핑할만한 상품이 많았습니다. 순례자들은 원래 부르고스에서 하루, 이틀을 더 머물면서 지친 몸과 마음을 추스르거나, 북쪽에 있는 빌바오나 산세바스티안 등지를 다녀오기도 합니다. 하루 정도 더 머물까 고민도 했지만, 차라리 메세타 지방을 지나고 레온(Leon)에서 쉬는 게 좋을 것 같아서 내일 곧바로 출발키로 했습니다.

숙소인 대성당 뒤편 공립 알베르게는 순례길 알베르게 중 넘버3 안에 들 정도로 시설이 깨끗하고 다양한 편의 시설도 갖추고 있습니다. 침대마다 개인 조명이 있고, 세탁기와 건조기는 물론, 와

이파이도 아주 잘 되는 편이었지요. 굳이 단점이라고 하면 부르고스 시내에 들어와서 찾기가 좀 힘들다는 점을 들 수가 있을 겁니다. 저녁 식사는 홍준호 선생님과 대성당 부근 골목에서 햄버거로 하고, 아직도 낫지 않고 있는 발목 마사지와 배낭 정리도 했습니다. 오랜만에 국내 인터넷 뉴스를 봤는데, 청와대 대변인이라는 사람이 박근혜 대통령 방미 기간 중 성추행을 저질러 구설에 휘말렸다고 합니다. 그러나 그 기사보다는 기아타이거즈가 3연패에 빠져 있다는 뉴스에 더 눈길이 가더군요.

오늘은 부르고스 공장지대 아스팔트 길을 힘겹게 걸어서 그런지 피곤합니다. 소음방지용 귀마개를 단단히 하고 잠을 청합니다. 내일은 어디까지 갈까?

Day 14 : 부르고스 → 오르니요스 델 카미노, 22km

06:40쯤 알베르게를 출발했습니다. 오늘 드디어 부르고스를 지나 메세타 지방으로 들어섭니다. 부르고스가 대도시여서 그런지 시내를 빠져나오는데, 거의 한 시간 이상이 걸렸습니다. 순례길에서는 도심에서 아스팔트 길을 걷는 경우가 가장 힘듭니다. 특히 자동차가 다니는 도로를 따라 걷는 것은 더더욱 싫습니다.

오늘부터 걷는 메세타 지방은 스페인 북부지방에 있는 해발고도 800m가 넘는 고원지대를 말합니다. 통상 부르고스에서 시작해서 180여km 정도 떨어진 레온(Leon)까지의 평원을 말하지요. 연중 뜨거운 태양과 바람, 나무 그늘 하나 없는 삭막한 곳이랍니다. 메세타 구간은 순례길을 걷는 사람들에게 공포심을 주는 "마의 구간"이라고도 불리고 있습니다. 걷는 시기가 여름철이라면 사막과 같은 열기와 건조함이, 겨울철에는 살을 에는 듯한 추위가 순례자들을 괴롭힌다고 합니다. 그래서 많은 순례자는 부르고스와 레온 구간을 버스나 기차로 건너뛰는 경우가 많다고 합니다. 저 역시 그런 유혹을 안 느껴 본 것은 아니지만, 나중에 후회할 것 같아 그렇게 하지는 않았습니다. 그러나 메세타 구간을 온전히 걷는 순례자에게는 고독과 침묵, 진정한 마음의 평화를 맛볼 기회를 가질 수 있다고 합니다. 뜨거운 태양 아래 오롯이 혼자라는 자유를 느낄 수 있고, 비록 고통스럽지만 자유로운 자아를 찾을 수도 있습니다.

고원지방에 들어서서 그런지 기온은 쌀쌀하지만, 태양은 등 뒤를 따갑게 비춥니다. 보통 한국인 순례자들의 경우, 메세타 첫날은 부르고스에서 30km 떨어진 온타로스(Hontalos)까지 걷는 게 일반적인 일정입니다. 강렬한 햇볕에다 감기약 때문에 기운도 없이 비몽사몽으로 걷습니다. 몸살감기는 시간이 지나면 좋아질 것이라는 기대를 해봅니다만 공기가 건조해서 차도가 별로 없네요.

부르고스에서 약 13km 떨어진 라베 데 라스 칼사다스(Rabe de las Calzadas)까지는 거의 평지여서 걷는 데 힘들지는 않았습니다. 부르고스에서 12km 정도 지나서 나오는 bar에서 크루아상과 커피로 아침을 먹었습니다. 라베 데 라스 칼사다스 이후부터는 오르막과 내리막이 반복됩니다. 13:00쯤 작은 마을인 오르니요스 델 카미노(Hornillos del Camino)에 도착했습니다. 20가구 정도밖에 되지 않는 작은 마을이지만, 정말 조용하고 정취가 있고 마을의 집들이나 성당이 너무 고풍스러워서 오늘 일정을 여기서 마무리하기로 했습니다.

오늘 하루를 지낼 공립 알베르게는 마을 초입 산로만(San Roman) 성당 바로 앞에 있습니다. 시설은 형편없었지만 바로 옆에 붙어 있는 마을 광장이 순례자에게 시간여행 중이라는 느낌을 줄 만큼 옛날 분위기가 나는  멋있는 곳이었습니다. 순례객 대부분이 광장에 나와 일광욕을 즐기면서 일기를 쓰거나 책을 읽는 등 망중한을 즐기고 있는 모습이 너무 인상적이었습니다. 특히 같은 알베르게에 투숙했던 노부부가 서로의 등을 긁어 주는 장면은 마치 영화 속 한 장면 같았습니다.

 여기는 와이파이 연결이 원활하지 않아 와이프와의 카톡은 물론, 인터넷 뉴스도 볼 수 없는 불편함으로 세상과 단절되어 있다는 고독감이 들었습니다. 그러나 동시에 누구의 간섭도 받지 않는다는 평안함이 있더군요. 저녁은 알베르게 맞은편에 있는 레스토랑에서 순례자 메뉴로 대구요리를 포도주와 곁들여서 먹고 이른 잠을 청했습니다. 아 참! 온타로스에서 홍준호 선생님을 만나기로 했는데, 내가 여기서 멈춰서 뵙기가 힘들 것 같다는 생각이 들어 내일 카톡 되는 곳에서 어디 계신지 물어보려 합니다.

Day 15 : 오르니요스 델 카미노 → 카스트로헤리스, 21km

  메세타에 들어온 뒤로 날씨는 계속 좋습니다. 순례길 초반 나바라, 라 리오하 지방을 걸을 때는 거의 매일 비가 내려 힘들었는데, 로그로뇨를 지나 부르고스 쪽 메세타 고원으로 넘어오니 아침, 저녁으로 공기가 차갑지만 걷기에는 좋습니다. 다만 12시가 넘어서면 햇살이 너무 뜨거워 걷기가 조금 힘듭니다.

  오늘은 06:30에 알베르게를 나왔습니다. 메세타 지역의 길이 대체로 평탄하여 체력적으로 힘은 들지 않습니다. 드넓은 밀밭 사이를 걸으면서 간간이 보이는 십자가와 무덤은 아마도 이 길을 걷다가 죽은 순례자가 많았을 거라는 생각이 들게 합니다.

순례길을 걷기 전 광활한 메세타의 지루함을 이기기 위해 "두 시 탈출 컬투쇼"의 하이라이트 편을 다운로드해서 왔습니다. 컬투쇼 하이라이트는 엄청나게 웃기는 에피소드가 많거든요. 이 프로그램을 듣고 걸으면서 피식피식 웃으니 지나는 순례자들이 고개를 갸우뚱거립니다. 정말 컬투쇼가 아니었으면 뜨겁고 지루한 메세타길을 어떻게 걸었을까요?

아로요 산 볼(Arroyo San Bol)을 지나, 10km 정도를 걸어 온타나스(Hontanas) 마을에 있는 bar에서 커피와 빵으로 아침을 먹었습니다. 와이파이도 잘 돼서 모처럼 지인들에게 밀린 카톡 안부도 묻고 친구 경재와도 오랜만에 통화도 했습니다. 온타나스 마을 건물 벽에 산티아고까지 457km가 남아 있다고 쓰여 있습니다. 지금까지 300km 이상을 걸어 온 것 같습니다. 이제 걷는 데는 이력이 났네요. 순례길 초반에는 물집과 발목 통증으로 순례를 그만둘까도 생각했지만, 지금은 걷는 게 조금은 재미있습니다. 그러나 여전히 힘든 건 사실입니다.

밀밭에 둘러싸인 아름다운 중세 마을인 온타나스를 지나면, 폐허로 남아 있는 산안톤 수도회가 만든 병원과 교회를 볼 수 있습니다. 산안톤 아치(Arco de San Anton) 밑을 지나갑니다. 왠지 숙연한 느낌이 듭니다. 폐허 속의  아치가 지나간 역사 이야기를 담고 있는 것 같아 기분이 스산해집니다. 조금 더 걸어가니 멀리서 솥뚜껑처럼 생긴 카스트로헤리스(Castrojeriz) 마을이 보입니다. 마을 입구에서 2km 정도를 더 들어가 에스테반(Esteban) 공립 알베르게에 짐을 풀었습니다. 시설이 쾌적해서 좋았습니다.

부르고스에서 홍준호 선생님과 헤어진 이후로는 계속해서 혼자 걷고 있습니다. 혼자 걸으면 자기만의 시간을 보낼 수 있어 좋기는 하지만, 매일 외로운 식사를 해야 하는 게 가장 곤혹스럽습니다. 저녁은 주로 마을 레스토랑에서 외국인들과 같은 테이블에 앉아 먹는데, 언어 소통이 원만하지 않아 꿔다놓은 보릿자루같이 앉아 있는 그런 자리가 편치는 않답니다.

오늘도 순례자 정식으로 스테이크를 주문해서 포도주 반병을 반주 삼아 혼자서 저녁을 먹었습니다. 알베르게로 들어오는 길에 마을 마트에 들러 내일 아침과 점심거리를 사 왔습니다. 시간이 저녁 9시가 넘었는데도 스페인은 해가 지지 않고 대낮처럼 밝아 빨리 자는 게 좀 머쓱합니다. 내일은 프로미스타(Fromista)까지 가려고 하는데 생각처럼 될지 모르겠습니다. 자꾸 외롭습니다.

Day 16 : 카스트로헤리스 → 프로미스타, 25.5km

06:00쯤 일어나 침대 정리를 하고 밖으로 나오니 완전히 한겨울 날씨입니다. 온도는 영하권이 아닌 것 같은데, 비가 오고 바람도 불어서 그런지 겨울날 아침 분위기네요. 우의를 꺼내 입고 방수 바지까지 중무장한 채로 걸었으나, 워낙 비바람이 거세게 몰아쳐 신발에 물이 조금씩 스며듭니다.

카스트로헤리스 마을을 벗어나자마자 곧바로 오르막 언덕길입니다. 언덕을 내려가서는 평원과 쭉 이어지는 길을 걷습니다. 진정한 순례길처럼 호젓하고 평화로운 길이 이어집니다. 09:00 이테로 데 라 베가(Itero de la Vega) 마을 bar에서 커피 한 잔을 주문하고 배낭 무게도 줄일 겸 어제 마트에서 사 놓았던 빵과 과일로 아침을 먹었습니다. 먹는 동안 어찌나 추운지 이빨이 덜덜 떨리더군요. 추위 때문에 나으려는 감기가 다시 재발하는 것 같습니다. 콧물이 나와 코를 풀다가 그만 코피까지 나오게 되었습니다. 한번 코피가 나오면 잘 멈추질 않는데, 이번에도 지혈이 좀처럼 되지를 않습니다. 설상가상 배낭 어깨끈까지 떨어져서 가지고 있던 실과 바늘로 대충 꿰맸습니다. 어떻게든 수리해야 할 듯합니다.

이테로 데 라 베가부터 보아디야 델 카미노(Boadilla del Camino) 8km 구간은 끝없이 이어지는 밀밭 지평선을 감상할 수 있습니다. 이렇게 지평선이 보이는 벌판은 5년 전 미국 중부 미주리주에서 본 이후 처음입니다. 프로미스타에 도착하기 전에 강 같은 운하를 만나게 되는데, 스페인 북부를 가로지르는 200km 정도 되는 카스티야 운하라고 합니다. 한동안 운하를 따라 쭉 걷게 됩니다. 마치 강가를 걷는 듯한 느낌입니다.

12시쯤 프로미스타(Promista) 공립 알베르게에 도착했습니다. 때마침 날씨도 맑아지기 시작합니다. 나중에 알베르게에서 짐을 정리하다 보니 걷는 도중에 이어폰을 잃어버렸네요. 순례길에서의 시간이 흘러갈수록 주의력이 약해집니다. 적당한 것으로 새것을 하나 사야 할 것 같습니다. 오늘 숙소인 알베르게 시설은 별로네요. 와이파이도 잘 안돼 인터넷 검색도 하지 못해 답답하고 심심합니다.

Day 17 : 프로미스타 → 카리온 데 로스 콘데스, 19.5km

오늘도 여전히 추운 날씨입니다. 이른 아침 여러 벌의 옷을 껴입고 출발합니다. 고친다고 고친 배낭끈이 잘못되었는지 배낭의 무게 중심이 맞지 않아 걷는 데 아주 불편합니다.

길은 끝없는 밀밭과 옥수수밭 평원의 연속입니다. 너무 지루해서 큰 소리로 노래를 부르면서 걷습니다. 감기, 몸살도 여전히 함께 걷습니다. 좋은 컨디션은 아니었지만, 곧 좋아지겠지 하는 긍정적인 마음을 가집니다. 오늘 코스는 비교적 짧고 평탄해서 그런지 11:00쯤 카리온 데 로스 콘데스(Carrion de los Condes)에 도착했습니다. 수녀원에서 운영하는 산타마리아(Santa Maria) 알베르게를 숙소로 잡았답니다.

급하게 샤워와 빨래를 마치고 마을 광장으로 나가니 마침 오일장 비슷한 로컬장터가 열리고 있더군요. 순례길 초반부에 장갑을 잃어버려 손이 시려 고생했는데, 때마침 보인 털장갑도 사고, 맛있게 보이는 조각 피자와 과일을 사서 점심으로 먹었습니다. 오늘 기거할 알베르게는 수녀원에서 운영해서 그런지 분위기가 아늑하고 자원봉사자들도 무척 친절했습니다. 와이프와 오랫동안 통화를 마치고 모처럼 낮잠을 즐겼습니다.

한숨 자고 나니 감기 증상도 조금은 나아지고 몸 상태도 좋아져 밀렸던 페이스북 포스팅 작업을 하면서 오후 시간을 보냈습니다. 저녁을 먹어야 할 시간이 다가오면 항상 고민입니다. 쌀밥이 그리워 밥을 해 먹고는 싶은 데, 조금만 해서 먹기도 그렇고 무엇보다도 혼자 먹는 게 처량할 것 같아 그냥 마을 레스토랑에서 순례자들과 함께 정식 메뉴를 먹었답니다.

이렇듯 또 하루가 힘겹게 지나갑니다.

Day 18 : 카리온 데 로스 콘데스 → 템플라리오스, 27km

06:30 알베르게를 나오려 니 비가 조금씩 내리고 있습 니다. 그런데 그 악명 높다는 베드버그에 물렸네요. 걱정할 정도는 아닌 것 같은데, 몸 이곳저곳이 가렵기 시작해서 일단은 연고를 바르고 지켜 보고 있습니다. 어떤 순례자 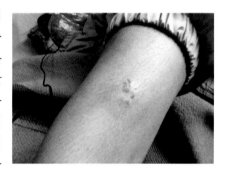 는 베드버그에 물려 견딜 수 없는 통증으로 순례길을 포기하고 귀 국하는 사례까지 있다고 합니다. 아무래도 다음 알베르게에 도착하 면 배낭에 있는 짐을 모두 꺼내서 세탁하고 햇볕에 말려야 할 것 같습니다.

오늘은 칼사디아 데 라 쿠에사(Calzadilla de la Cueza)까지, 그러니까 출발해서 17km를 지날 때까지 쉴 수 있는 쉼터나 화장 실 하나 없는 벌판길을 가야 하는 구간입니다. 출발 전 물과 간식 을 충분히 준비해서 걷습니다. 이 여정이 프랑스 길에서 마을과 마 을의 거리가 가장 먼 곳이라 합니다. 이 구간 역시 좌우로 끝없이 펼쳐진 밀밭의 연속입니다. 날씨가 흐리고 비가 와서 다행이지 햇 살이라도 비치는 날이라면 그야말로 뜨거운 지옥 위를 걷고 있는 느낌일 것 같습니다. 칼사디아 데 라 쿠에사 마을 지형이 분지여서 그런지 걷고 있는데, 갑자기 마을이 나타나서 힘겹게 걷고 있는 저를 당황하게 만듭니다. 레디고스(Redigos)를 거쳐 12시가 넘어 테라디요스 데 라스 템플라리오스(Terradillos de los Templarios)에 도착했습니다.

마을 입구 쪽 잔디밭이 있는 알베르게에서 머물려다 내일 나갈 때를 생각해서 마을 출구 쪽 알베르게에 짐을 풀었습니다. 샤워를 마치고 마을 구경을 나가려는데, 세찬 바람이 몰아치는 등 날씨가 추워 샤워만 마치고 그냥 침대에 누워 쉬기로 했습니다. 알베르게 와이파이 사정이 좋지 않아 와이프에게 하루를 무사히 보냈다는 카톡만 보냈답니다.

저녁은 알베르게에 딸린 bar에서 순례자 정식을 먹었는데, 음식 맛이 별로였습니다. 순례자 정식이라는 게 레스토랑 주인의 음식 솜씨에 따라 크게 좌우되는 것 같습니다. 어떤 마을에서 먹는 음식은 고급 레스토랑 못지않으나, 어떤 곳은 그야말로 정크 푸드(junk food) 수준인 곳도 있답니다. 그래도 먹어야 걸으니 억지로 먹습니다. 간밤에 물린 베드버그 상처에 연고를 발라서 당장은 가렵진 않지만 계속 괜찮을지는 모르겠습니다.

Day 19 : 템플라리오스 → 엘부르고라네노, 33.8km

이른 새벽에 일어날 수밖에 없었습니다. 일어나 보니 다리, 얼굴, 허벅지, 팔 등 온몸을 베드버그가 물어 놓았습니다. 이 상황을 어떻게 해결해야 할지 걱정이 태산입니다. 빨리 다음 알베르게로 가서 모든 짐을 소독해야  할 듯합니다. 사아군(Sahagun)에 있는 알베르게에서 배낭 소독을 해야 하는데, 거리가 13.5km로 너무 짧아 조금 더 걸어가 엘 부르고 라네로(El Burgo Raneno)에 머물면서 소독하는 게 나을 것 같다고 생각했습니다.

템플라리오스에서 출발하는 길도 계속되는 밀밭의 연속입니다. 사아군까지는 포장도로를 따라 걸어가는 길과 산 니콜라스 델 레알 카미노(San Nicolas del Real Camino)쪽 가로수 숲을 통과하는 길이 있는데, 당연히 호젓한 가로수 길을 택했습니다. 사하군은 대략 프랑스 순례길에서 중간 정도 거리에 있는 곳이라고 하는데, 지금까지 400km 정도를 걸은 것 같습니다. 사하군을 지나면 또다시 두 갈래 길이 나옵니다. 한쪽 길은 엘 부르고 라네로이고, 다른 길은 칼사디야 데 로스 에르마니요스(Calzadilla de los

Hermanillos)로 간다고 합니다. 거리는 얼추 비슷하다고 합니다.

오후 1시가 넘어 엘 부르고 라네로에 도착했습니다. 마을 중심부에 있는 라네노(Raneno) 알베르게에 짐을 풀자마자 베드버그 박멸을 위해 배낭에 있던 짐도 모두 꺼내고, 입고 있던 속옷까지 빨래를 마친 후 건조기에 돌리려고 보니 건조기가 없는 게 아니겠습니까? 이런! 날씨도 추운데 당장 입을 옷조차 없는 상황에서 비옷만을 입고 침대에 덜덜 떨면서 누워있었습니다. 황당했습니다.

그런데 안 좋은 일은 연속적으로 일어난다고, 배낭을 침대 위로 올리다가 그만 허리를 삐끗해 몸을 움직이기 어렵게 되는 일까지 생겼답니다. 걷는 것을 포기하고 귀국하고 싶은 마음이 이번처럼 들 때가 없었네요. 정말 최악의 하루였습니다. 그래도 저녁은 먹어야겠기에 덜 마른 옷을 입고 마을 레스토랑에서 저녁을 먹고 숙소로 돌아왔답니다. "아픈 허리가 내일 아침에는 괜찮아야 할 텐데"라고 걱정하면서 잠을 청했습니다.

Day 20 : 엘 부르고 라네로 → 만시야 데 라스 무라스, 19.5km

아침에 일어나니 어제 삐끗한 허리가 아파 움직이기가 힘듭니다. 도저히 배낭을 메고 갈 자신이 없습니다. 그렇다고 택시를 불러 갈 수도 없고 다른 사람이 대신 배낭을 짊어지고 갈 수도 없는 형편이었습니다.

어쩔 수 없이 "동키 서비스(Transporte de Mochila)"를 이용하기로 했습니다. "동키 서비스"는 순례자의 배낭을 다음날 숙박지로 돈을 받고 배달해 주는 서비스라고 보면 됩니다. 이것을 이용하고 싶으면, 먼저 알베르게 자원봉사자로부터 신청 봉투를 받아 오늘 머무를 알베르게 주소를 기입하고 대략 5유로 정도의 돈을 넣어 배낭에 매달아 알베르게 입구에 놔두면 됩니다. 그러면 배달 직원이 배낭을 취합해서 오늘 머무를 알베르게에 배달해 줍니다. 출발하기 전 알베르게 자원봉사자에게 동키 서비스 봉투를 달라고 하니 자기는 없다면서, 마을 bar에서 봉투를 받아 작성하고 배낭을 그곳에 놔두라고 합니다. 그런데 배달료를 무려 12유로나 달라네요. 완전 바가지였습니다. 그렇지만 어떡합니까? 울며 겨자 먹기로 짐을 맡기고 스틱 2개와 물만 가지고 만시야 데 라스 무라스 (Mansilla de las Mulas)로 출발했습니다.

　초반부 날씨는 구름이 잔뜩 끼어 흐렸습니다. 도로 옆에 있는 흙길을 따라 늘어선 가로수가 멋있습니다. 좌우에는 옥수수밭과 밀밭의 연속입니다. 계속되는 풍광이 지루할 것도 같았지만, 경치는 정말 멋있었습니다. 이어 파란 하늘이 드러나니 메세타 들판이 아름답게 빛을 발합니다. 거리도 짧고 배낭 없이 걸으니 11:30쯤 만시야 데 라스 무라스 공립 알베르게에 도착하네요. 동키 서비스로 보낸 배낭도 차질 없이 왔습니다. 어제는 배낭에 있는 짐만 세탁했지, 침낭은 하지 않아서 먼저 침낭을 세탁하고 뜨거운 햇볕 아래 말렸습니다. 이로써 베드버그 녀석들은 거의 사망했을 것으로 보여 조금은 안심이 되더군요.

　알베르게 주방에서 참치 비빔밥을 만들고 있던 한국 여학생들이 같이 먹자고 하네요. 체면 불고하고 맛있게 얻어먹었습니다. 빨래도 했고 점심도 맛있게 먹으니 마음이 편안합니다. 침대에 누워 페이스북 포스팅도 하고  와이프와 안부 통화도 하면서 쉬었습니다. 점심을 많이 먹어서인지 저녁 생각이 없어 마을 마트에서 사 온 과일로 간단히 저녁을 대신했습니다. 내일 떠날 준비를 하면서 아픈 허리가 빨리 낫고, 베드버그에 물린 상처도 덧나지 않았으면 하는 기도를 하고 잠자리에 들었습니다.

Day 21 : 만시야 데 라스 무라스 → 레온, 19.5km

여전히 허리가 좋지 않습니다. 아무래도 오늘도 "동키 서비스"를 이용해야만 할 것 같습니다. 아침 일찍 알베르게에 배낭을 맡겨 놓고 스틱만 가지고 길을 나섭니다. 날씨가 무척 좋습니다. 어제까지 추웠던 날씨가 오늘은 따뜻하고 청명합니다.

폴란드 아줌마가 올라! (Ola, 스페인 인사말) 하면서 "Are you ok?"라고 몸 상태를 물어 허리가 아직도 안 좋다고 좀 과잉 액션을 보였더니 왜 불평만 하냐면서 면박 아닌 면박을 줍니다. 커뮤니케이션의 문제가 있었는지는 몰라도 그 이야기를 들으니 기분이 상하더군요.

레온(Leon) 까지는 길이 그리 좋지 않았습니다. 대도시로 가는 길은 대부분 아스팔트 포장도로를 따라 걷는 경우가 많습니다. 레온에 거의 도착한 것 같았는데, 10km가 남아 있다는 도로표지판이 온몸의 힘을 빠지게 합니다. 레온 시내가 가까이 보이는데도 가도 가도 끝이 없습니다. 순례길에서는 도시 중심지로 들어가는 구간이 가장 힘든 것 같습니다.

 11:30쯤 수도원 알베르게 (Albergue de Monasterio de las Benedictinas)에 도착했습니다. 알베르게가 오픈 될 때까지 현관 앞에서 앉아 쉬었습니다. 기다리는 동안 한국 사람을 10여 명 정도 만난 것 같습니다. 사실 알베르게에 한국인들이 많으면 시끄럽고, 아침 일찍 다른 사람의 수면을 방해하면서까지 출발 준비를 하는 통에 외국인 순례자들의 불평과 불만이 상당하답니다. 남을 배려하는 마음을 가졌으면 좋겠는데 왜 그러는지 모르겠네요.

알베르게 카운터에서 동키 서비스로 보낸 배낭을 찾고 숙소도 등록했습니다. 알베르게 시설이 아주 좋지는 않았으나 깨끗하게 관리되고 있었고, 무엇보다도 봉사자들이 친절해서 좋았습니다. 점심을 먹기에는 시간이 일러서 근처 bar에 들러 커피를 마시면서 와이프에게 무사히 메세타 평원을 지나서 왔다는 안부 전화를 했습니다.

이곳 레온에는 중국식 뷔페인 웍(Wok)이 있다고 하기에 수도원 알베르게에서 20분 정도 떨어진 식당까지 혼자서 걸어갔습니다. 가는 동안 레온 시내 골목을 두루 구경했는데, 레온 시내 건물들은 상당히 고풍스러웠습니다. 중국 뷔페 웍은 탁월한 선택이었습니다.

13.6유로의 돈을 지불하고 오랜만에 보는 초밥과 고기를 배 터지도록 먹을 수 있는 고마움을 어떻게 표현해야 할지 모르겠네요. 4~5번 접시를 비운 것 같습니다. 나중엔 종업원들 눈치가 보이더 군요.

레온은 옛날 로마군단이 만든 도시여서 유적지가 많답니다. 오래된 성당도 있고, 순례길과 연관된 조형물 또한 여기저기 보입니다. 대성당 규모도 상당히 큰 것 같은데, 부르고스 대성당보다는 덜 압도적인 것 같았습니다. 그래도 레온 대성당은 완공까지 200년이 걸렸답니다. 바르셀로나의 사그라다 파밀리아가 150년이 걸리고 있는 것으로 보면 스페인에서의 성당 건축은 일반적으로 시간이 오래 걸리는 것 같습니다.

그리고 레온에는 스페인의 천재 건축가 안토니오 가우디 (Antoni Gaudi)의 초기 작품인 카사 데 보티네스(Casa de Botines)가 유명합니다. 현재는 스페인 은행 건물로 사용되고 있는데, 가우디의 뛰어난 건축 감각을 피부로  느낄 수 있는 작품 중 하나랍니다.

레온은 유럽에서 초콜릿으로도 유명한 곳이기도 합니다. 식민지 개척 시대에 남미에서 가져온 카카오로 처음 초콜릿을 만들기 시작했는데, 지금은 스위스 초콜릿 못지않게 맛이 있고 인기가 있답니다. 시내 중심가에 아주 유명한 추로스(Churros) 가게도 있다는데, 가보지는 못했습니다.

알베르게에 돌아오니 한국 젊은이 3형제가 도착해서 있더군요. 큰형이 극동방송 아나운서를 하다가 얼마 전 퇴직을 했고, 형의 퇴직 기념으로 형제가 순례길을 같이 왔다면서 오늘은 50km 정도를 걸었다고 해서 깜짝 놀랐습니다. 그렇게 걷는 것은 아무리 젊어도 무리일 것 같은데 말이죠. 사실 대도시인 레온에서 하루 정도 쉬면서 그동안의 피로도 풀고 맛있는 음식도 먹어야 하는데 혼자서 돌아다니는 게 처량할 것 같아 그냥 내일 떠나기로 했습니다.

Day 22 : 레온 → 산마르틴 델 카미노, 25km

쌀쌀하고 추운 날씨입니다. 어젯밤은 쾌적한 알베르게 덕분에 숙면해서 기분이 좋습니다. 오늘은 최종 목적지를 비야당고스 델 파라모(Villadangos del Paramo)로 정하고 06:20쯤 알베르게를 출발했습니다. 레온 시내를 빠져나오는 데 꽤 오랜 시간이 걸렸습니다. 더욱이 레온 외곽 공장지대를 통과하는 도로 옆길은 정말 최악

이었습니다. 매연과 소음 때문에 괴로웠습니다. 첫 번째 마을인 트로바호 델 카미노(Trobajo del Camino)까지는 거의 도시 한가운데를 걷는다고 보면 됩니다. 아침부터 도심지 아스팔트를 걷는다는 게 쉽지는 않았습니다.  트로바호 마을 bar에서 커피와 보카디요로 아침을 먹고 길을 계속 걷습니다. 비르헨 델 카미노(Virgen del Camino)까지는 어수선한 분위기 속에서 길을 걸었습니다. 이곳은 1500년대에 성모 발현의 기적이 일어났던 곳이랍니다.

비르헨 델 카미노를 지나 3km를 더 가다 보면 왼쪽 길은 비야르 데 마사리페(Villar de Mazarife)와 연결되고, 오른쪽 길은 산마르틴 델 카미노(San Martin del Camino)로 가는 길입니다. 한

적하지는 않지만 비교적 거리가 짧은 오른쪽 산마르틴 루트를 택하기로 했습니다. 원래 계획은 비야당고스 델 파라모에서 오늘 일정을 마무리하는 것이었는데, 너무 시간이 이른 것 같아 5km 정도를 더 걸어 산마르틴 델 카미노에서 멈추기로 했습니다.

마을에 한참 들어와서 있는 공립 알베르게에서 짐을 풀었습니다. 저녁은 마을 레스토랑에서 순례자 정식(송어요리)을 먹었는데, 맛이 없어 다 먹지를 못했답니다. 입맛이 없는 건지 힘이 들어 밥맛을 잃은 건지 모르겠네요.

알베르게 와이파이 사정이 안 좋아 답답했지만, 모처럼 스마트폰을 보지 않고 혼자 생각하는 시간을 갖게 되어 나름 좋은 면도 있었답니다. 내일은 아름다운 도시 아스토르가(Astorga)에 도착하는데, 그곳에서 중국집을 찾아 중국 음식을 꼭 먹어야겠습니다.

Day 23 : 산마르틴 델 카미노 → 아스토르가, 24.5km

간밤에는 순례길 최악의 코골이를 만났습니다. 40여 명이 잘 수 있는 창고형 알베르게는 일반적으로 한 사람이 코를 골아도 소리가 공명이 됩니다. 그래서 아무리 거리가 떨어져 있어도 바로 옆에서 코를 고는 것처럼 들리죠. 그런데 같은 방에서 자는 순례자 한 사람이 우레와 같이 코를 곱니다. 코 고는 사람이 제 침대와 상당히 떨어져 있는데도 불구하고 도저히 잠을 잘 수가 없습니다. 물론 사격용 귀마개까지 했지만, 이것 역시 무용지물이었습니다. 저 혼자만이 아니라 그 방에 있는 모든 사람이 잠을 자지 못했습니다. 급기야 어떤 사람이 그 사람을 깨워 도저히 잠을 잘 수 없다고 항의할 정도였으니까요. 비몽사몽 뒤척이다가 어느 순간 겨우 잠이 들었던 것 같습니다.

간밤에 잠을 설쳐서인지 무척 피곤합니다. 아침부터 힘이 없고 걷기도 싫습니다. 그래도 아스토르가에는 볼거리가 많다고 해서 힘을 내서 걸어갑니다. 출발해서 8km쯤 가니 투우장 느낌이 나는 오스피탈 데 오르비고(Hospital de Orbigo) 마을 입구에 아주 멋있는 다리가 보이질 않겠습니까? 이 다리는 로마 시대에 축조되어 몇 차례 개축된 프랑스 순례길에서 가장 긴 다리라 합니다. 다리 이름이 "명예로운 걸음의 다리(Puente del Passo Honroso)"라고 하네요. 마을도 정말 이쁩니다. 다음에 다시 순례길을 온다면 이곳에서 하룻밤을 꼭 보내야겠다는 다짐을 합니다. 다리를 배경으로 하는 마을 야경도 아주 멋있다고 합니다.

아스토르가 조금 못 미쳐 있는 산 후스토 데 라 베가(San Justo de la Vega)라는 마을에서 한국인 순례객 여자 한 분을 만났습니다. 대화하는 내내 "왜 이런 길을 걸어야 하는지 모르겠다. 괜히 여기에 왔다"고 불평을 늘어놓습니다. 듣기가 아주 거북했습니다. 별별 사람이 다 있는 것 같습니다.

오후 1시쯤 아스토르가 공립 알베르게에 도착했습니다. 이곳 알베르게 모두가 평가가 좋은 곳이어서 어디를 가든지 만족한다고들 합니다. 제가 투숙한 알베르게는 주방 쪽에서 바라보는 풍경이 너무 멋있었습니다. 주방 시설도 잘되어 있고 알베르게 앞 순례자 형상의 조형물도 무척 인상적이었습니다.

아스토르가에는 다양한 양식의 예술적 건축물이 즐비합니다. 특히, 산타마리아 대성당(Cathedral de Santa Maria)은 이곳에서 가장 중요한 건축물이자 로마네스크와 고딕, 바로크 양식이 혼합된 최고의 성당 건축물로 평가받고 있습니다. 바로크 양식의 시청 건물 역시 독특하면서도 고풍스러운 건축물입니다. 또한 현재는 박물관으로 사용 중인 대주교궁(Palacio Episcopal)은 스페인의 천재 건축가인 안토니오 가우디(Antoni Gaudi)가 건축하였다고 합니다. 처음에는 가우디 건축물치고는 너무 단순하다고 해서 평가가 그리 호의적이지 않았지만, 추후 예술성 있는 건축물로 재평가를 받았다

고 합니다. 입장권을 사서 들어가서 구경해보니 정말 그럴 가치가 있는 훌륭한 가우디의 작품이라는 생각이 들었습니다.

알베르게로 돌아오던 길에 근처 슈퍼마켓에서 닭 다리 몇 개와 마늘, 쌀을 사 와서 닭백숙 요리를 해서 후식으로 딸기까지 곁들인 맛있는 저녁을 먹었습니다. 아스토르가 중국집에서 중식으로 저녁을 먹을까 했던 계획이 틀어져 다소 아쉽기는 했네요.

순례길 초반부에 같이 걸었던 진덕과 연희, 그리고 홍준호 선생님 생각이 나서 카톡으로 연락했더니, 홍준호 선생님은 아스토르가를 지나 엘 아세보(El Acebo)에 계시고, 진덕이와 연희는 레온 근처에 있다고 합니다. 한번 일정이 서로 어긋나면 다시 만나기 힘든데 다시 볼 수 있을지 모르겠습니다. 그리고 와이프와 전화 통화를 했는데, 서울 후배 집에 갔다가 광주로 내려가고 있다고 합니다. 왠지 목소리가 쓸쓸하고 힘이 없는 것 같아 미안한 마음이 들었답니다. 내일은 라바날 델 카미노(Rabanal del Camino)를 거쳐 산 꼭대기에 있는 폰세바돈(Foncebadon) 마을까지 가려 합니다.

Day 24 : 아스토르가 → 폰세바돈, 29km

오늘은 아스토르가에서 폰세바돈(Foncebadon)까지의 여정입니다. 프랑스 길에서 가장 높은 해발 1,500m를 넘어가는 난이도가 상당히 있는 구간이죠.

06:30쯤 공립 알베르게를 나왔습니다. 길은 아직 어둡습니다. 큰길로 나오자 한국 여성 순례자 한 분이 다른 알베르게에서 나오다가 저를 보고 올라! 하면서 아는 체를 합니다. 공교롭게도 어두운 길을 같이 이야기하면서  걷게 되었습니다. 이분은 서울에서 왔으며 순례길 시작을 생장피에드포르가 아닌 로그로뇨에서 시작했다고 합니다. 남편과 자녀는 서울에 있고 정신보건센터에 다니다 잠깐 일을 그만두고 혼자서 순례길을 걷고 있다고 합니다. 가족을 놔두고 혼자서 순례길을 걷는 용기도 대단하지만, 이를 허락해준 남편도 배려심이 많다는 생각이 들었습니다. 혼자 걷다가 모처럼 한국 사람과 얘기하면서 걸으니 좋은 점도 있습니다만, 혼자 사색할 수 있는 시간을 방해받는 게 조금은 아쉬웠습니다.

아스토르가 시내를 빠져나오면서, 참 아름다운 도시라고 생각했습니다. 다시 순례길을 걷는 기회가 생기게 된다면, 여기에서 하루 정도 더 머물면서 유명한 마라카토(Maragato) 라는 음식도 먹어보고 싶습니다. 무리아스 데 레치발도(Murias de Rechivaldo)와 산타 카탈리나 데 소모사(Santa Catalina de Somoza)를 지나, 엘 간소(El Ganso)로 가는 길의 풍광이 너무 멋있습니다. 엘 간소부터는 오르막이 시작되어 조금 힘이 듭니다. 라바날 델 카미노부터는 약간의 피로감도 옵니다. 오늘 일정을 여기서 마무리하는 게 어떠냐고 소라씨에게 의견을 물으니, 폰세바돈까지 가자고 합니다. 그래서 오늘은 폰세바돈에서 하루를 마무리하기로 했습니다.

폰세바돈 가는 길은 오르막 경사가 심한 길이어서 정말 힘이 들었습니다. 가다 쉬다를 반복하면서 오후 2시쯤 폰세바돈 알베르게에 도착했습니다. 이 마을은 산 정상(해발 1,400m)에 있는 작은 마을로 산장 분위기가 물씬 납니다. 거주하는 사람도 얼마 안 되는 것 같은데, 알베르게가 3개나 있다고 합니다.

저녁으로 맛있는 빠예야(Paella)를 순례자에게 제공하는 것으로 유명한 사설 알베르게에서 숙박하기로 했습니다. 알베르게 시설은 열악했지만 맛있는 저녁으로 정통 스페인 빠예야를 준다는 말에 이곳을 선택했습니다. 저녁을 먹기 전까진 시간이 남아 알베르게에 딸린 bar의 햇살이 내리쬐는 야외 탁자에서 맥주를 마시니 폰세바돈의 호젓한 분위기와 어울려 기분이 좋아지더군요. 알베르게로 들어와 보니 산마르틴 델 카미노 알베르게에서 만났던 무서운 코골이 친구가 같은 방에 있는 것을 보고 깜짝 놀랐습니다. 오늘 밤은 제대로 잠자긴 틀렸다는 생각에 걱정이 태산입니다.

알베르게에서 제공하는 저녁으로는 역시 유명하다는 빠예야가 나왔습니다. 모두가 식탁에 둘러앉아서 대형 솥에서 요리된 빠예야를 각자 퍼서 먹는데 정말 맛이 기가 막혔습니다. 이 맛 때문에 많은 순례객이 여기에서 묵는 모양입니다.

폰세바돈은 산 정상이어서 일찍 해가 지고 와이파이도 되지 않아 할 일이 별로 없어 간단히 여행일기를 쓴 후 잠자리에 들었습니다. 다행히 코골이 친구가 제 침대와 떨어진 입구 쪽에 있어 코고는 소리가 그리 크게 들리지는 않을 것 같습니다. 내일은 철 십자가상을 지나가는데 기대가 많이 됩니다. 거기서 일출도 보면서 묵상하는 시간을 가지고 싶습니다.

Day 25 : 폰세바돈 → 폰페라다, 27km

해뜨기 전까지는 폰세바돈 알베르게에서 2km 떨어진 철 십자가 상(La Cruz de Hierro)까지 가야 했습니다. 밖은 칠흑같이 어두워서 이 시간에 산속을 걷는다는 게 부담이 되었지만, 어두운 이른 새벽을 뚫고 출발했습니다. 30분 정도 내리막길을 걸어 철 십자가 상에 도착하니 동쪽 하늘에서 여명이 밝아오기 시작합니다.

철 십자가상은 직경 10m 남짓한 돌무더기 위에 5m 높이의 나무 전봇대를 세우고 그 꼭대기에 철 십자가를 꽂아 놓은 순례길에서 몇 안 되는 유명한 상징물입니다. 그런데 철 십자가상이 명성에

비해 소박합니다. 때마침 떠오르는 아침 해를 배경으로 보이는 철 십자가상이 주는 분위기는 자못 엄숙합니다. 이곳을 방문한 순례자들은 각자 자신들의 나라에서 돌멩이나 물건들을 가져와 철 십자가상 아래에 놓고 각자의 소원과 기도를 드리는 의식을 한다고 합니다.

저 역시 그곳에서 삶에 대한 참회와 가족들의 건강을 소원하는 기도를 올렸습니다. 철 십자가상이 프랑스 길에서 가장 높은 곳에 있다고 해서 자동차로 접근할 수 없는 산 정상을 상상했는데, 자동차가 다니는 일반 도로가 바로 옆에 있습니다. 순례자뿐만 아니라 일반 관광객들이 와서 철 십자가상 너머로 떠오르는 일출과 주변 풍광을 감상하곤 한답니다.

철 십자가상에서 10km쯤에 있는 만하린(Manjarin)까지는 나지막한 내리막길이지만, 이후부터는 내리막 경사가 무척 급합니다. 내리막을 한참 내려가다 보니 중세시대에나 있을 법한 작은 마을이 나옵니다. 대부분의 마을 집들이 돌과 석판으로 만들어져 있어 너무 예스럽고 아름답습니다.

이곳은 엘 아세보(El Acebo)라는 마을이라고 합니다. 마을에서 내려다보는 주변 경관도 멋있고 해서 여기서 멈춰 하루를 보내고 싶은 마음도 들더군요. 알베르게와 멋진 레스토랑도 몇 개 있어 순례자들이 쉬기에 좋을 것 같았습니다. 가는 길의 마을들이 모두 산

중 휴양지 같다는 느낌이었습니다. 엘 아세보 다음 마을인 몰리나세카(Molinaseca)도 휴양지 분위기가 물씬 나는 마을이더군요. 마을 옆으로 흐르는 강이 주는 분위기는 알프스의 어느 한적한 계곡 마을을 연상시킵니다. 다리 옆에서 한참 동안 앉아 쉬었습니다.

오늘은 폰페라다(Ponferrada)까지 가야 하기에 힘은 들었지만 계속 걷기로 했습니다. 그런데 햇볕이 너무 뜨겁습니다. 어느 순간 뒤에서 걷던 소라씨가 보이지 않습니다. 길이 외지고 사람도 없는 곳이라 걱정하는 문자를 보냈더니 자기는 몰리나세카에서 머물겠다고 합니다. 그래서 혼자 지루한 아스팔트 길을 걸어 폰페라다 공립 알베르게까지 왔습니다.

13:10쯤 폰페라다 공립 알베르게에 도착했습니다. 이미 한국 대학생 7~8명이 등록하고 있었습니다. 산토도밍고 데 라 칼사다에서 헤어졌던 독일 대학생 Ursula도 다시 만났습니다. 헤어진 가족을 만난 것처럼 기쁘더군요. 오는 도중 Ursula는 몸살감기가 심해 병원에서 하루를 입원했고, 지금은 많이 좋아졌다고 합니다. 그리고 저에게 순례길을 걷는 게 재미있냐고 물어보는데, 선뜻 대답하지 못했습니다. 재미보다는 의미가 있다는 표현을 영어로 표현하기가 어려워서요.

마트에 들려 점심거리로 스페인 컵라면을 사 와서 처음으로 먹어봤는데, 수프 맛이 우리 입에는 맞지 않아 겨우 먹었습니다. 허기는 달랬으나 뭔가 부족한 느낌이었네요. 다음에는 한국 라면 있는 곳을 찾아 얼큰한 한국 라면을 사서 먹어야겠습니다.

폰페라다는 로마 시대부터 금을 채굴하는 광산이 있던 큰 도시로 구시가지에는 왕립감옥, 르네상스 시계탑, 라디오 박물관 등의 유적지가 잘 보존되고 있었습니다. 이 가운데서 카스티요 델 템플레(Castillo del Temple)가 대표적 유적 중 하나라고 합니다. 카스티요 델 템플레는 1178년에 수도기사단의 수사들이 이라고산(Monte Irago)을 넘는 순례자들을 보호하기 위해 세운 템플기사단 성이라고 합니다. 잠깐 둘러보았지만 아주 고풍스럽고 멋있는 성곽을 가지고 있는 성(城)이더군요. 하루 더 머물면서 도시 곳곳을 돌아봤어야 하는데, 여정에 쫓긴다는 핑계 아닌 핑계로 그렇게 하지 못해 아쉬웠습니다.

내일은 어디까지 가야 할지 결정을 못 했습니다. 그냥 갈 수 있는 데까지 가볼까 합니다. 순례길 여정이 200km 정도밖에 남지 않은 것을 보니 시간이 너무 빨리 지난다는 느낌이 처음으로 들었습니다.

Day 26 : 폰페라다 →   페레헤, 29km

며칠 동안 순례길 날씨는 화창하고 좋습니다. 11시를 지나면서
부터 햇살이 뜨겁고 강렬한 것이 조금 힘들지만, 비 오는 것보다는
화창한 날씨가 걷기에 좋은 건 사실이지요.

06:10쯤 어제 사 놓은 과일과 요구르트로 아침 요기를 하고 출
발했습니다. 컨디션은 아주 좋습니다. 오늘은 비야프랑카 델 비에
르소(Villafranca del Bierzo)까지 가려고 하는데, 여력이 되면 더
걸을 예정입니다.

2시간 정도를 걸어 캄포나
라야(Camponaraya) 카페에
서 커피와 크루아상으로 아침
을 먹은 후 와이프와 통화도
하고, 친구 경재에게도 안부
전화를 했습니다. 경재가 나
름 순례길에 관한 공부를 했
는지, 어디를 가고 있냐? 다
음은 어디냐? 라고 묻습니다.

캄포나라야를 지나서는 온통 포도밭 천지입니다. 포도나무가 우
리나라와는 달리 무슨 화분용 분재처럼 생겼는데 대부분 와인용

포도나무라고 하네요. 이 지역 와인에 대한 명성은 순례길 초반부에 걸었던 라 리오하(La Rioja) 지방의 와인 못지않게 유명하다고 합니다. 카카벨로스(Cacabelos)를 지나 비야프랑카 델 비에르소에 도착했습니다. 마을이 무척 아름답습니다. 마을 외곽으로 흐르는 시냇물은 그지없이 맑고, 고색창연한 성당과 예쁜 집들이 조화를 이루고 있는 풍경이 정말 좋았습니다.(최근 '스페인 하숙'이라는 TV 프로그램을 촬영할만한 이유가 충분히 있는 곳이지요)

비에르소 마을 초입에는 용서의 문(Pueta del Perdon)이 있습니다. 병들거나 피치 못할 사정으로 순례를 마치지 못하는 순례자가 이 문을 통과하면 교황 '칼릭토(Calixto) 3세'가 교황 칙서로써 산티아고 순례길을 걸었다고 인정해주었다고 합니다. 마지막 순례의 종착지인 산티아고 콤포스텔라 성당과 동등한 정신적 가치를 인정하는 곳이라 볼 수 있지요.

비에르소에서 5km 정도를 더 가서 페레헤(Pereje) 라는 작은 마을에서 오늘 일정을 마치기로 했습니다. 이곳 알베르게가 시설도 깔끔하고 주방이 좋아 음식 해 먹기가 좋다고 해서 여기서 하루를 보내기로 했습니다. 저녁을 사 먹을 수 있는 bar가 있었지만, 짐도 줄일 겸 배낭에 남아있던 된장으로 된장국을 끓여 따뜻한 밥과 함께 맛있는 저녁을 먹었습니다.

이제 산티아고까지는 190km 정도 남은 것 같습니다. 모처럼 배낭 정리를 했는데, 걷는 동안 소지품을 많이도 잃어버렸습니다. 손전등, 손수건, 장갑, 칫솔, 반소매 티, 무릎 보호대, 나프탈렌. 이어폰, 그리고 무엇보다 중요한 속옷 3장 중 2장을 잃어버려 지금까지 한 장으로 겨우겨우 버티고 있답니다. 아무래도 어두운 새벽에 짐을 싸서 부랴부랴 나오면서 잃어버린 모양입니다. 내일은 갈리시아 지방의 시작 마을인 오 세브레이로(O cebreiro)까지 가야 합니다. 그 마을이 높은 산 정상에 있다고 해서 부담이 됩니다.

Day 27 : 페레헤 → 오 세브레이로, 26.5km

새벽 5시부터 젊은 한국 친구들이 배낭을 싸는 통에 잠을 깬 외국인 순례자들이 그들이 떠나고 난 다음 저한테 불평합니다. 창피하다는 생각이 들어서 대신 죄송하다고 사과까지 하게 되었습니다. 이번 순례길을 걸으면서 한국 순례자들의 무례한 행동을 목격하는 경우가 많아 조금 씁쓸합니다.

06:20 알베르게를 나와 아스팔트 도로 길을 따라 걷습니다. 오늘은 날씨가 흐립니다. 아마 안개도 자주 끼고 날씨 변덕이 심하다는 갈리시아 지방이 가까워져서 그런 모양입니다. 출발하고 한 시

간 정도를 걸어 트라바델로(Trabadelo) 카페에서 커피와 빵으로 아침을 먹었습니다. 이제 아침으로 커피와 빵을 먹는 것에 완전히 적응한 것 같습니다.

카페에서 와이프와 통화했는데, 부산 처형 집에 놀러 와 처형과 함께 천주교 바자회에 와 있으니 걱정하지 말고 무조건 조심히 다니라고 당부합니다. 와이프만 혼자 집에 두고 와서 걱정이 많이 됩니다.

암바스메스타스(Ambasmestas)와 베가 데 발카르세(Vega de Valcarce)를 거쳐 루이테란(Ruiteran)을 지나자 본격적으로 오르막길에 접어듭니다. 오랫동안 걸어오던 카스티야레온 지방이 끝나고, 순례길의 마지막 지방인 갈리시아 지방으로 들어서게 되었습니다. 갈리시아 지방으로 들어서게 되면 그동안 보아오던 메세타 풍경과는 사뭇 다른 풍경을 만나게 됩니다. 우리나라 자연 풍경과 상당히 유사해서 동네 뒷산을 오르는 듯 친근감마저 들더군요. 그러나 이 구간은 고지대를 오르는 것이어서 우리나라 지리산을 등반하는 것만큼 힘이 듭니다. 그래서 라 파바(La Faba)에서 멈출까도 생각했지만, 오늘보다는 내일을 위해 일정대로 계속 가기로 했습니다. 올라가는 산 풍경이 아주 멋있었습니다.

오 세브레이로를 2km 정도 남겨 두고 카페 하나가 있기에 잠시 쉴 요량으로 카페 담벼락에 기대고 있었는데, 카페 주인이라는 사람이 왜 음식도 안 먹으면서 남의 담에 기대고 있냐고 해서 정말 기분이 상했

 습니다. 스페인이나 한국이나 이런 부류의 사람들은 똑같은 모양입니다. 산 정상에 있는 오 세브레이로에 다다르니 앞이 안 보일 정도로 안개가 자욱합니다. 마치 구름 위를 걷는 느낌이었습니다. 오 세브레이로는 해발 1,300m 정도에 있는 작은 산중 마을이지만 차량이 올라올 수 있어 관광객들도 많고 기념품 가게 또한 있었습니다. 일본인 관광객을 포함해서 사람들로 북적거립니다.

공립 알베르게가 오후 1시 이후 오픈이어서 잠시 기다린 후 침대를 배정받고 짐을 풀었습니다. 시설은 깨끗하고 주변 경치 또한 아주 좋았습니다만 갈리시아주 정부 방침으로 음식을 하는 화기나 식기 일체를 주방에 못 두게 해서, 밥을 해  먹을 수 없다는 게 단점이라면 단점이었습니다. 아마도 사설 알베르게를 이용하게 하려는 갈리시아주 정부의 정책인 것 같습니다. 이렇게 규제하면 순례자가 어쩔 수 없이 지역 음식점을 이용할 수밖에 없겠죠.

샤워를 마치고 알베르게 로비에 있는데, 이스라엘에서 온 Risa가 남편(조지 클루니 닮은 친구)이 도착하지 않았다고 걱정해서 마을 입구 쪽에 나가 기다리다가 남편을 우리 알베르게로 데려왔습니다.

저녁은 마을에서 토속적인 냄새가 물씬 풍기는 레스토랑에서 순례자 정식을 먹었는데, 먼저 나온 수프가 꼭 우리나라 육개장과 비슷합니다. 돼지 뼈를 우려내서, 우거지와 고사리까지 넣어서 만든 것까지 우리나라 육개장과 똑같습니다. 맛도 우리 입맛에 맞고, 안개가 끼고 날씨가 좋지 않은 날에 딱 맞는 음식이었답니다.

식사를 마치고 숙소로 돌아오니 우리 방에 투숙하고 있는 순례자들의 면면이 최악입니다. 지금까지 순례길에서 코골이 2인자로 인정받고 있는 사람이 옆 침대이고, 며칠 전 길을 물어봐서 가르쳐 준 저에게 잘못 가르쳐주었다고 불평한 사람이 내 위쪽 침대 주인입니다. 아마도 오늘 밤은 편히 잠을 이루지 못할 듯합니다.

Day 28 : 오 세브레이로 → 사모스, 32km

오늘 일정은 오 세브레이로(O Cebreiro)에서 사모스(Samos)까지 32km 구간을 걸어야 합니다. 어제까지는 올라왔으니 이제 내려가야 겠지요. 지금부터는 갈리시아 지방의 목가적인 풍경을 본격적으로 만날 수 있는 여정입니다. 아침에 알베르게를 나오니 짙은 안개로 도무지 앞을 분간할 수가 없습니다. 1km 정도의 산길을 더듬더듬 걷고 있는데, 순례길 표지판이 보이지 않질 않겠습니까? 아무래도 길을 잘못 든 것 같아 오던 길로 돌아갔습니다.

전혀 앞이 보이지 않는 안개 속을 헤치고 한 시간 이상을 걸어 해발 1,270m에 있는 산로케(Alto de San Roque)에 도착하니, 큰 순례자 조형물 하나가 서 있습니다. 바람과 안개를 헤치고 걸어가고 있는 순례자 형상에서 옛날 순례자의 모습을 볼 수가 있었습니다. 이 동상은 순례길에서 상징적인 조형물로 알려져 있으며, 많은 순례자가 이곳에서 기념사진을 찍는다고 합니다.

앞을 분간할 수 없는 안개 속을 걷는다는 것이 마음속 불안감을

스멀스멀 올라오게 합니다. 주변 풍광도 보지 못하고 오로지 앞만 보고 걷는다는 게 쉽지만은 않았습니다. 아침 일찍부터 신경을 곤두세우고 걸었더니 많이 지칩니다. 그러나 산 위에서 내려다보이는 운해의 모습은 장관이었습니다. 물론 날씨가 좋은 날에는 내려가는 길도 아름다울 것 같습니다. 갈리시아 지방은 앞서 걸었던 곳과는 다른 풍광을 가지고 있습니다. 목가적인 풍경은 우리나라와 많이 닮았으나, 수령이 꽤 됨직한 것으로 보이는 나무들은 한국에서 볼 수 없는 이국적인 수종이어서 신기하더군요.

스페인 북부지방의 농가 주택도 독특한 모양새를 보이고 있답니다. 갈리시아 지방 건물 지붕에 우리나라 너와 지붕과 비슷한 석판을 얹어 놓은 것이 눈에 띄었고, 특히, 오레오(Horreo)라는 곡식 창고가 유별나게 인상적이었습니다. 오레오는 비가 많은 갈리시아 지방 특성을 고려하여 돌이나 나무로 벽을 만들고, 벽면에 좁고 긴 통풍구를 만들어 환기가 잘되게 하였고, 접시 같은 돌을 창고 하단부에 받쳐 놓아 쥐가 창고로 올라오는 것을 방지하였다고 합니다. 집마다 마을마다 오레오 모양이 조금씩 달라 갈리시아 지방을 걸어가는 동안 이것들의 차이점을 보는 것도 또 다른 즐거움 중 하나였습니다.

12.5km 정도를 걸어와서 만나는 폰프리야와 트리아카스테야 (Triacastela) 마을로 이어지는 길은 자갈이 많은 내리막길의 연속입니다. 자갈 때문에 걷기가 불편했지만, 오르막이 없고 길이 평탄해서 힘은 들지 않았습니다. 트리아카스테야 마을에는 알베르게도

많고 순례자를 위한 편의 시설이 잘되어 있다고 해서 여기에서 일정을 마칠까도 생각했지만, 체력에 여유도 있어 사모스까지 마저 가기로 했습니다.

트리아카스테야를 막 지나면 어떤 길로 가야 할지를 선택해야 하는 두 갈래 길이 나옵니다. 오른쪽 방향인 산실(San Xil) 쪽은 5km 정도 짧은 거리지만 사리아까지 가는데 숙소가 하나도 없는 단점이 있고, 왼쪽 길은 조금 더 멀지만 아름다운 숲길과 목장길을 따라가면 만날 수 있는 유명한 베네딕트 수도회 소속 훌리안 이 바실리사(Real Abadi de los San Julian y Basilisa) 왕립 수도원을 볼 수 있는 장점이 있답니다. 당연히 사모스 길을 선택했습니다.

사모스 쪽으로 4.9km 정도는 도로를 따라가는 지루하고 답답한 길이었습니다. 이후부터는 검은 돌을 얹은 소박한 시골집과 아늑한 초지의 목장, 떡갈나무와 밤나무가 우거진 시냇물을 따라 걷는 정말 아름다운 길입니다. 사모스 가는 길 때문에라도 순례길을 다시 걷고 싶다고 말하는 순례자가 있을 정도로 이 길은 아름다웠습니다. "반지의 제왕" 속의 숲길을 걷고 있는 듯하다가도, 한순간에 스위스 한 목장에 있는 듯한 착각을 주기까지 하는 아름답고 평화로운 길이었습니다.

사모스 마을 초입에 접어들자마자 순식간에 바실리사 수도원이 멋지게 나타납니다. 웅덩이 속에 수도원을 세운 것처럼 멀리서는 보이지 않다가 가까이 가보면 갑자기 모습을 드러냅니다. 수도원의 전경이 멋있기도 했지만, 알지 못할 엄숙한 기운이 느껴지더군요.

원래는 수도원에 딸린 숙소에서 자려고 했습니다만 수도원 알베르게는 부엌도 없고 시설도 별로라는 얘기가 있어, 수도원을 지나 마을 초입 상가 지역에 있는 사설 알베르게인 발 데 이베르게(Val de lvergue)에 짐을 풀었습니다. 시설도 깨끗하고 자원봉사자인 스페인 아가씨가 무척 친절해 숙소 선택을 잘했다고 생각했습니다. 뒤에서 걸어오는 소라씨에게 문자를 보내 만약 사모스 쪽으로 온다면 여기에서 숙박하라고 추천도 해 줬습니다.

곧바로 수도원을 둘러볼 수 있는 투어를 신청해서 수도원 이곳저곳을 구경했습니다. 아름다운 꽃과 나무들이 울창한 정원 사이를 쫄쫄 흐르는 시냇물 소리를 들으면서 걷는 기분이 무척 좋았답니다. 이 수도원은 6세기경에 처음 만들어진 이후 증축과 개축 과정을 거쳤다는데, 건물 대부분은 16~18세기에 다시 지어진 것이라 합니다. 고색창연하고 분위기도 조용해서 좋았습니다.

알베르게로 돌아오는 길에 마트에 들러 닭을 사 왔습니다. 스페인 닭은 몸집이 우리 닭의 두 배 정도 된답니다. 스페인 북부지방의 한적한 산속에서 맛있는 닭백숙으로 해서 저녁을 먹었습니다. 혼자서 한 마리를 다 먹으려니 배가 터질 지경입니다. 멋있는 경치도 구경하고 맛있는 저녁도 먹으니 오늘 하루가 왠지 뿌듯합니다. 저녁을 먹은 후 베드버그에 물린 얼굴에 약도 바르고 밀린 빨래도 하면서 하루를 마감했습니다.

내일은 사리아(Sarria)를 지나 어디에서 잘 것인지가 고민입니다. 이대로 가면 5일 후쯤이나 산티아고에 도착할 것 같은데, 너무 빨리 순례를 마치는 것이 원래 세워 놓은 일정에 맞지 않아 아무래도 걷는 속도를 조절해야 할 것 같습니다.

Day 29 : 사모스 → 포르토마린, 36.5km

 06:00 침대에서 일어나 창밖을 보니 비가 옵니다. 어제 옆 침대를 쓰는 서양 여자분의 코 고는 소리가 장난이 아니었습니다. "기차 화통"이라는 표현이 이런 경우와 딱 맞을 듯합니다. 사실 순례길 알베르게에서 만난 코골이들은 남녀노소를 가리지 않습니다. 피곤해서 그런지 누구나 코골이를 합니다. 아마 평소 코를 골지 않는 저도 엄청 코골이를 할지 모르겠네요.

우의를 뒤집어쓰고 사모스 마을을 빠르게 빠져나와 걷고 있는데, 무슨 영문인지 차가 다니는 도로를 따라 걷고 있지 않겠습니까? 이상한 생각이 들어 순례길 안내 책자를 보니 순례길이 아닌 아스팔트 지방도로를 걷고 있는 것이었습니다. 그냥 돌아서 갈까도 생각했지만, 도로를 따라가면 결국은 사리아에 도착하지 않겠냐는 생각이 들어 계속 걸었습니다. 잘못 판단한 것 같습니다. 비가 오는 가운데 10km 이상 아스팔트 도로를 걷는다는 게 쉬운 일은 아니었죠. 경적을 울리며 지나가는 차량이 신경이 쓰여 주변 경치도 눈에 들어오지 않고 피곤이 더해지는 것 같았습니다.

사리아는 대도시는 아니지만, 갈리시아 지방 순례길 루트에서는 2번째로 큰 도시랍니다. 그리고 순례길에서 중요한 이정표가 되는 도시이기도 하지요. 보통 산티아고 순례길을 걸으면 주는 증서는 100km 이상을 걸어야 발급해 주기 때문에 시간이 없거나 개인 사정이 바쁜 많은 순례자 대부분은 사리아부터 순례를 시작하곤 한답니다.

도시 끝에 있는 bar에서 늦은 아침을 먹고 비가 그치 길 기다리다가 다시 출발합니 다. 그런데 갑자기 걷는 사람 들이 많아지기 시작합니다. 좀 과장해서 말하면 소풍객들 이 줄지어 걷는다는 표현이 정확할 것 같습니다. 그들과  의 거리를 두려고 걸음을 빨리 재촉합니다. 비가 줄기차게 내려 등 산화에 물이 스며들기 시작합니다. 발에 물집이 잡힐까 걱정이 됩 니다. 조금 더 걸어가니 산티아고까지 100km가 남았다는 표지석 이 보입니다. 이제 순례의 끝도 얼마 남지 않는 것 같아 마음이 착잡합니다. 갈리시아 지방에 들어서면 이정표 같은 것이 별로 보 이지 않아, 목적지가 얼마나 남아 있는지를 잘 알 수가 없답니다.

비라차(Vilacha) 마을에 들어서면 멀리서 아름다운 포르토마린 (Portomarin)이 보입니다. 언덕 위에서 보니 왼쪽으로 큰 저수지 가 보이고, 포르토마린이 오른쪽에 보입니다. 포르토마린 시가지는 저수지 건설 때문에 현재의 이곳으로 옮겨졌다고 합니다. 그 당시 마을 대부분은 수몰되었지만, 유적지와 성당 일부는 현재까지 남아 있다고 합니다. 시내 중심부에 들어가기 위해서는 마을 앞에 있는

350m 정도 되는 길고 높은 다리를 건너야 합니다. 이 다리는 산티아고 순례길의 상징 사진에 자주 나오는 곳으로 높이가 아주 높아 고소 공포증이 있는 저로서는 건너기가 무섭더군요.

다리를 건너 다시 높은 계단을 올라가야 마을 입구가 나옵니다. 포르토마린은 알베르게만 수십 개가 있습니다. 대성당 근처에 있는 사설 알베르게에서 하루를 묵기로 했습니다. 주방 시설이 잘되어 있었지만, 몸이 피곤해서 근처 레스토랑에서 순례자 정식을 먹고 바로 쉬었습니다.

어제 사모스 숙소에서 빨래하고 널어놓았던 속옷을 깜빡 잊어버리고 가져오지를 않았네요. 어쩌면 마지막 산티아고에서는 남아있는 물건이 하나도 없을 것도 같습니다. 이제부터라도 물건 간수를 잘해야겠습니다. 마지막 종착지인 산티아고가 가까워지면서 같이 걸었던 사람들이 생각나 카톡으로 안부를 물으니, 홍준호 선생님은 팔라스 데 레이(Palas de Rei)에 계시고, 소라씨는 바르바델로(Barbadelo)에 있다고 합니다. 아마도 산티아고에 도착하면 만날 수 있을 것도 같습니다.

Day 30 : 포르토마린 → 팔라스 데 레이, 25.5km

　오랜만에 숙면한 것 같습니다. 06:20에 기상해서 침대 정리와 세면을 하고 07:00쯤 출발하려니 밖에 비가 억수같이 쏟아지고 있어 알베르게 현관에서 비가 그치기를 기다렸습니다.

　오늘은 최소한 팔라스 데 레이(Palas de Rei)까지는 가야 해서 비가 많이 내림에도 길을 나섭니다. 전반부 구간은 꾸준한 오르막 길이지만, 후반부는 그만큼의 내리막입니다. 비바람이 우의 속을 파고들고 등산화 안쪽으로 빗물이 들어와 축축합니다. 100km만 걷는 사람들이 합류해서인지 빗속임에도 순례자들이 많습니다.

8km 정도를 걸어와서 곤사르(Gonzar)에 있는 카페에서 아침을 먹었습니다. 비가 그칠 줄 모르고 내려서, 한참이나 카페에서 쉬었습니다.

곤사르를 막 지나면 아름다운 밀밭과 소나무 숲 사이를 지나갑니다. 여전히 순례객들이 많아 소란스럽기까지 합니다. 짧은 거리를 걷는 순례객들의 복장은 먼 길을 걸어온 사람들과는 확연히 구별되게 깨끗합니다.

팔라스 데 레이에 도착해서 레온에서 만나 잠깐이나마 친하게 지냈던 벨기에 중년 남자들을 다시 만났습니다. 무척 반가웠습니다. 어깨동무하고 함께 사진도 찍고 남은 여정 동안 건강하게 걷자고 다짐도 했습니다. 또 초등학교 교사로 일하다 어머니가 돌아가신 후 휴가를 내 순례길을 걷고 있다는 프랑스 여선생님도 아스트로가 이후 다시 만났습니다. 산티아고가 가까워지니 도중에 만났던 순례객들과 자주 부딪치는 기회가 생기더군요.

팔라스 데 레이 마을 입구에 알베르게가 있었으나, 마을 안쪽에 있는 알베르게에 여장을 풀었습니다. 샤워를 마치고 마을 레스토랑에서 저녁을 먹었습니다. 종일 비가 내려 기분이 그런지, 아니면 산티아고까지 70km 정도밖에 남지 않아서인지 우울합니다.

내일은 리바디소 다 바이쇼(Ribadiso da Baixo)나 아르수아 (Arzua)까지는 가야지만, 순례길 마지막 밤을 산티아고에서 가까운 몬테 도 고조(Monte do Gozo)에서 숙박할 수 있을 것 같습니다. 그래야 산티아고 대성당 12시 미사 참석이 가능할 듯합니다. 그런 데 소라씨가 연락이 와서 내일 오후쯤 멜리데(Melide)에 도착할 것 같은데, 일정이 맞으면 그곳에서 문어 요리인 뽈보를 같이 먹자 고 합니다. 가타부타 말을 못 하고 내일 아침에 카톡을 주겠다고 했습니다.

Day 31 : 팔라스 데 레이 → 멜리데, 15.5km

아무래도 오늘 일정을 변경해야 할 듯합니다. 어제 소라씨가 멜리데에서 같이 뽈보를 먹자고 한 제의를 거절하기가 어려웠습니다. 그래서 카톡을 해서 먼저 멜리데에서 기다리고 있을 테니 멜리데에 도착하면 연락을 주라고 했습니다.

그나저나 오늘 일정이 15km 정도만 가면 되니까 비교적 늦은 시간인 07:20쯤 출발했습니다. 날씨가 그리 좋지는 않았습니다. 6km를 걸어가니 카사노바(Casanova)라는 마을을 지나갑니다. 마을 이름이 헛웃음을 짓게 합니다. 희대의 바람둥이인 카사노바와 같은 이름입니다. 그런데 카사노바가 이탈리아 사람이 아니라 스페인 사람이라는 사실을 아시는지요? 정말 그 사람과 연관 있는 마을일까? 하는 의구심이 들더군요.

12시쯤 멜리데에 도착했습니다. 이곳은 바다와 인접하지 않았음에도 문어 요리가 유명한 것이 의아했습니다. 멜리데는 관광객과 순례자가 많아 알베르게도 많고 편의 시설도 잘되어 있답니다. 입구 쪽에 숙소를 잡으려 했으나 남은 침대가 없네요. 마을 안쪽으로 한참 들어가 사설 알베르게에 여장을 풀었습니다. 가격에 대비해 보니 시설이 너무 좋지 않습니다. 다른 곳으로 가려니 귀찮기도 하고 소라씨도 곧 도착할 것 같아서 그냥 이곳에서 머물기로 했습니다.

오후 1시쯤 소라씨가 마을 입구 쪽에 왔다고 문자가 와서 한국인이 많이 가는 뽈보 가게 앞에서 보자고 했습니다. 몰리나세카에서 헤어진 이후 오랜만에 보는 셈이죠. 멜리데 뽈보 식당들은 유럽의 식당과는 다르게 좀 독특합니다. 한국 식당처럼 입구에 주방이 있어 문어를 직접 요리하고 있는 모습을 볼 수 있습니다. 유럽은 대부분 안쪽에 주방이 있고 주방이 폐쇄적이어서 조리하는 모습을 잘 볼 수 없는데 말이죠.

스페인 문어 요리는 정말 맛있습니다. 한국에서 먹어 본 문어 요리와는 달리, 이곳 문어 요리는 부드럽고 입에 살살 녹는답니다. 올리브유와 암염으로 요리한다는데, 이렇게 맛있을 수 있는지 신기합니다. 여기에 막걸리 사발 같은 것에 담아 주는 포도주와의 궁합도 대단히 뛰어납니다. 그래서 순례길을 걷는다면 멜리데에서 꼭 뽈보를 먹어 보라는 말이 있는 모양입니다. 사실 혼자서 멜리데를 지나갔다면 맛있는 뽈보 요리를 안 먹고 갔을 겁니다.

알베르게에서 하루를 마무리하려는데, 초저녁부터 우레와 같이 코를 고는 사람이 있습니다. 이 밤을 잘 보낼 수 있을지 걱정이 됩니다.

Day 32 : 멜리데 → 페드로우소, 35km

07:00쯤 같은 알베르게에서 머물렀던 소라씨와 함께 길을 나섭니다. 어제 멜리데 일정 때문에 많이 걷지 않아, 오늘은 비교적 긴 거리인 페드로우소까지 35km를 걸어야 합니다.

날씨도 화창하고 어제 맛있는 뽈보 요리도 먹어서 그런지 기분이 좋습니다. 가는 길도 아름다운 숲길입니다. 도로변 목초지에서 소와 양들을 만나고 개울가를 건너 아르수아(Aruzua)까지 걸어갔습니다. 사리아 이후 순례길은 그야말  로 인산인해(?)입니다. 마을 카페에서 음식을 주문하면 한참을 기다려야 하고 단체로 걷는 사람들 떠드는 소리에 짜증이 날 정도입니다.

산타 이레나(Alto de Santa Irene)를 지나자마자 곧바로 마을로 들어가야 했는데, 그만 길을 잘못 들어 마을 출구 쪽으로 나와버려서 다시 마을로 되돌아갔습니다. 알베르게로 가는 길에 마을 성당이 보여 들어가 순례길 여정의 마무리가 무사히 끝나길 바라는 기도를 했습니다. 스페인 순례길에는 아무리 작은 마을이라도 성당이 있는 것이 특이했습니다. 이렇게 스페인에 성당이 많은 이유는 스

페인 사람들이 종교에 유독 신실한 측면도 있지만, 프랑코 독재 시절 국민감시 내지는 통합을 위해 우리의 반상회와 비슷한 목적하에 성당을 이용했다는 얘기도 있답니다. 순례길 내내 성당이나 교회가 보이면 들어가 순례길 전 노정의 무탈과 마음의 평화를 위한 기도를 할 수 있어 좋았습니다.

페드로우소 마을에 도착해서 수용 인원이 120명 정도 되는 대형 알베르게에 짐을 풀었습니다. 워낙 사람이 많다 보니 샤워하는데도 그야말로 전쟁입니다. 샤워를 마치고 낮잠을 좀 자려고 해도 시끄러워 잘 수가 없습니다. 실내도 너무 더워 침대에 있기가 힘들어 밖으로 나와 마을 이곳저곳을 돌아다녔습니다. 저녁은 소라씨와 함께 근처 레스토랑에서 순례자 정식을 먹었는데, 맛이 없는 건지 입맛이 없는 건지 다 먹진 못했답니다. 순례가 끝나가니까 입맛이 변해 가서 그런 모양입니다.

내일이면 순례의 끝인 산티아고에 도착합니다. 지난 33일간의 순례길 여정을 돌이켜 봅니다. 도중에 허리를 삐걱했을 때는 그만두고 돌아갈까 생각했던 적도 있었고, 발에 물집이 잡히고 발목이 아플 때는 고통으로 내

가 왜 이 짓을 하고 있지? 하는 후회도 했답니다. 이렇게 힘든 여정을 보내면서 무엇을 얻었을까요? 순례길을 걸어야겠다고 결심했을 때는 걷기만 하면 많은 것들을 얻을 수 있을 뿐만 아니라, 내적 변화 역시 저절로 이루어질 거란 생각도 했지만 기실 만져질 수 있는 '얻음'이라는 것은 처음부터 없었던 것 같습니다. 다만 겸손과 타인에 대한 사랑, 작은 것들에 대한 고마움 같은 감정은 가지고 가야겠죠. 그리고 이렇게 무사히 이 길을 걷게 해주신 하나님께 감사드립니다. 오늘은 좀처럼 잠을 이루지 못할 것 같네요.

산티아고 순례길, 그리고 남미 여행 이야기

Day 33 : 페드로우소 → 산티아고 데 콤포스텔라, 20.5km

드디어 순례길 마지막 날 아침입니다. 07:00쯤 힘찬 발걸음으로 알베르게를 나와 걷습니다. 날씨가 화창해서 숲속 나뭇잎에 맺힌 이슬방울이 유독 초롱초롱합니다. 오늘 여정은 페드로우소에서 산티아고까지 20.5km의 여정입니다.

걸어가면서 생각합니다. 순례길의 긴 여정을 무사히 끝냈다는 게 꿈인지 현실인지 알 수가 없습니다. 33일간 외롭게 혼자 걸었던 길을 이제 막을 내리려 하니 정말 느낌이 남다릅니다. 순례길 위에서 만났던 사람들을 생각합니다. 어떤 이는 사랑하는 사람을 잃은 슬픔에, 어떤 이는 새로운 인생의 전환점을 만들기 위해, 그리고 어떤 이는 자신의 의지와 인내를 실험하기 위해서 이 길을 걷는다고 합니다. 순례자들은 그들만의 사연과 이유로 이 길에 오지만, 모두가 처음 의도한 바대로 무언가를 얻어가는지는 잘 모르겠습니다. 다만 그들의 앞날에 마음의 평화가 항상 있기만을 바랄 뿐입니다.

페드로우소에서 2시간 정도를 더 걸으니 비행기들이 머리 위를 지나

다닙니다. 아마 산티아고 외곽에 있는 공항 같습니다. 정말로 산티아고가 지척인 모양입니다. 숲이 우거진 라바코야(Lavacolla) 마을을 지나 산티아고 대성당이 약 5km 정도 남은 몬테 데 고소(Monte de Gozo)에 도착했습니다. 여기에는 "즐거움과 환희의 산"이라는 의미의 언덕이 있습니다. 과거 순례자들은 여기에서 멀리 보이는 산티아고 대성당을 향해 "몬 쇼이(Mon Joie, 나의 기쁨이여)"라고 외쳤다고 합니다. 거기에서부터 1시간 정도를 걸어 산티아고 시내 입구에 들어오니 산티아고 대성당의 첨탑이 저 멀리 보입니다.

11:30쯤 산티아고 역사지구를 지나 대성당 좌측 굴다리를 돌아 나오자마자 대성당 앞 오브라도이로 광장(Plaza do Obradoiro)이 갑자기 나타나네요, 적어도 어느 정도 마음의 준비를 하고서 산티아고 대성당을 맞이하려 했는데 말이죠. 불현듯 등장한 광장의 모습과 대성당을 보니 갑자기 눈물이 터져 나옵니다. 그 눈물의 의미가 순례의 고단함 때문인지 아니면 개인적 회심에 대한 감회인지는 모르지만, 한동안 고개를 떨구고 울면서 광장에 앉아 있었습니다.

광장에는 저만 울고 있는 것이 아니었습니다. 서로들 부둥켜안고 힘들었던 지난 시간에 대해 서로 격려하고 축하하고 있었습니다. 여러 가지 뒤풀이가 있더군요. 사이클을 타고 완주한 친구들은 자전거를 하늘 높이 들고 환호하고 있었고, 단체 순례객은 서로에게 잘했다는 연호를 외치고 있었습니다. 모르는 이에게도 찬사와 격려를 보내 줍니다.

광장에 앉아 있으니 먼저 도착한 홍준호 선생님께서 연락을 주십니다. 12시 대성당 미사에 참석하고 있으니 성당 안으로 들어오라고 하네요. 성당 안에 들어가니 발 디딜 틈도 없이 사람들로 가득 차 있습니다. 산티아고 대성당의 12시 미사는 순례자를 위한 미사로 유명한데, 가톨릭 신자가 아닌 저는 관심이 별로 없어 그냥 밖으로 나왔습니다.

연이어 소라씨도 방금 산티아고에 도착했다는 문자를 보내왔습니다. 소라씨를 만나 함께 순례자 사무소로 가서 산티아고 순례길 완주를 등록하고 등록증도 받았습니다. 소라씨는 산티아고에서 순례를 멈추지 않고 100km를 더 걸어 세상의 끝이라는 피스테라(Faro de Fisterra)까지 갈 예정이라 합니다.

산티아고에 도착하니 갑자기 온몸에 힘이 빠지는 것 같습니다. 휴식이 필요하다는 생각이 들었습니다. 그래서 대성당 근처 호텔을 이틀간 예약(1박 50유로)했답니다. 일단 근처 레스토랑에서 스파게티로 점심을 먹고 호텔로 돌아오니 갑자기 피곤이 엄습해 옵니다. 소라씨가 연락을 해와 사리아에서 만났던 MBC PD라는 사람이 한국 순례객 몇 사람과 함께 저녁이나 하자고 제안했다면서 같이 가자고 하네요. 그래서 산티아고 기차역 근처 중국집에서 고량주와 중국요리로 산티아고 무사 입성 축하 자리를 가졌습니다.

저녁을 마치고 호텔로 돌아오니 왠지 허탈합니다. 모처럼 욕조에 뜨거운 물을 받아 지친 몸을 풀었습니다. 지난 33일간의 여정을 하루하루 반추해 보았습니다. 이 모든 게 하나님의 보살핌이라는 생각이 들었습니다. 다시 시작이라는 생각도 해 봅니다. 또 다른 순례길의 시작 말이죠. 이로써 기나긴 33일간의 Camino de Santiago 순례길 여정을 마무리하려 합니다.

에필로그 : 산티아고 순례길 이후

산티아고에 도착한 후 호텔 방에서 잠시 넋을 놓고 누워있었습니다. 내 영혼에서 뭔가가 빠져나간 듯한 느낌입니다. 한동안 '카미노 블루(Camino Blue)'에 시달릴게 분명합니다. 빨리 벗어나야겠지요. 수염을 잔뜩 기른 내 모습이 왠지 낯설기도 합니다. 순례길 여정 이후 스페인, 포르투갈 여행이 끝나면 또다시 백수로 돌아가겠죠. 그렇지만 행복한 백수가 되고 싶습니다.

산티아고에서의 이틀 동안 대성당 주변만을 맴돌았습니다. 대성당으로 들어오는 순례자들을 보면서 그들의 힘든 순례길이 회상되어 모든 이에게 평화가 있기를 바랬습니다. 물론 저에게도 마음의 평화가 있었으면 좋겠습니다.

이틀간의 휴식을 마치고 산티아고 버스터미널에서 포르투갈 포르투(Porto)로 떠납니다. 포르투의 히베이루(Ribeira Square) 광장에서 지나가는 사람들을 바라보면서 하염없이 앉아 있습니다. 멀리 동 루이스 다리(Ponte

de Dom Luis) 위로 지나가는 트
램 모습이 마치 하늘을 나는 은하
철도처럼 보입니다. 석양이 질 무
렵 멀리 도우루(Douro) 강 저편의
석양은 대항해 시대의 영욕이 함
께 기우는 듯 서서히 저물어갑니
다. 해리포터가 태어난 렐루 서점
(Livraria Rello)에는 여전히 많은 사람으로 붐빕니다. 계단 난간에 서
서 기념사진을 찍고 알아볼 수 없는 책들을 괜히 펼쳐 봅니다. 포르투
의 관문이라는 상 벤투(Sao Bento) 기차역 내부를 장식하고 있는 아줄
레주(Azulejo) 타일 벽화가 무척 독특하다는 생각에 한동안 뚫어지게
응시합니다.

리스본(Lisbon)은 어떤 곳일까요?

   운치 있는 28번 트램을 타고 7
개의 언덕을 가진 리스본의 이곳
저곳을 다니다 보면, 이 도시는 정
감이 많은 곳이라는 생각이 듭니
다. 리스본 밤거리 뒷골목에서 울
려 퍼지는 파두(Fado)의 선율을
듣고 있노라면 노래와 시가 이렇
게도 잘 어울릴 수도 있구나! 라는 생각이 듭니다. 벨렝지구 공원 벤치
에 앉아 구수한 에그타르트를 맛보면서, 빵은 언제나 맛있다는 진리를
다시 한번 확인합니다.

"영광과 환희는 영원하지 않는다."라는 누군가의 명언도 리스본 벨렘지구 발견의 탑(Padrão dos Descobrimentos) 앞에서 생각해 봅니다. 하늘 아래 영원한 것은 정말 없겠죠?

대항해 시대 이전, 세상의 끝이라고 여겨졌던 호카곶(Cabo Da Roca)에서 온 가슴으로 대서양의 거친 바람을 맞으며 남은 인생의 거센 물결을 무사히 이겨내길 기원하기도 합니다. 포르투갈은 다시 오고 싶은 나라입니다. 그냥 혼자가 아닌 이 세상에서 가장 사랑하는 이와 함께 호시우 광장 근처 카페에서 포르투 와인으로 취하고 싶습니다.

스페인 세비야까지 7시간의 버스 여행은 지루할 듯도 한데 그렇지 않습니다. 그건 유럽인들이 가장 사랑하는 세비야(Seville)를 가기 때문일 겁니다. 배우 김태희가 커피 광고를 위해 플라멩코 춤을 어설프게 추었던 스페인 광장은 낮이든 밤이든 멋있습니다. 로시니의 오페라 '세빌리아의 이발사'를 비롯해, 여러 오페라의 무대가 되었다는 사실 하나만으로도 세비야는 올 만한 가치가 충분히 있는 곳입니다. 오렌지가 가로수인 도시! 대성당 앞을 지나가는

트램이 주는 이국적 풍경
과 그 앞 스타벅스 커피숍
에서 바라보는 세비야 대성
당의 위엄은 대단합니다.
죽은 후에야 비로소 스페인
땅을 밟은 크리스토퍼 콜럼
버스의 시신이 안장되어 있

은 대성당은 화려하고 장중합니다. 히랄다 탑(Torre de la Giralda)과
그 앞 알카사르(Real Alcazar de Sevilla)는 이슬람과의 융합과 연대가
왜 필요한지를 묵묵히 말해 줍니다. 뜨거운 스페인 안달루시아 지방의
햇살이 누그러진 사이 집시들의 플라멩코 선율을 들어보는 경험은 노
마드 DNA가 잠재되어있는 우리에게 감동을 가져다줄 것입니다. 세비
야는 밤이 아름다운 곳입니다. 저녁 시간 대성당 뒤편 맛집을 다니면서
생소한 먹물 빠예야를 먹고, 추로스의 달콤함을 맛보는 호사도 누립니
다. 무엇보다 세비야의 밤 가로등이 비추는 아름다운 골목길을 오랫동
안 기억할 것 같습니다.

명불허전(名不虛傳)!

그라나다에 있는 알람브라
(Alhambra) 궁전에 어울리는 환
호성입니다. 클래식 기타의 독특
한 트레몰로 주법으로 연주되는
프란시스코 탈레가(Francisco
Tarrega)의 '알람브라 궁전의 추

억'을 들을 때마다 생각했답니다. "언제쯤 저곳에 가볼 수 있을까?"

　알람브라 궁전 곳곳에서 솟아오르고 있는 아름다운 분수와 밤하늘의
별처럼 빛나고 있는 천장 장식, 석회동굴의 종유석이나 벌집처럼 생긴
아라베스크 문양은 우리의 입을 딱 벌어지게 만드는 경이로움 그 자체
랍니다. 무슨 말이 필요할까요?

마드리드 가는 길에 코르도
바 버스터미널에 배낭을 맡
기고 허겁지겁 뛰어간 코르
도바(Cordoba)의 명물인
메스키타(Mezquita)가 주
는 장중함은 어쩌면 이슬람
문화가 현대 문명의 모태였
음을 다시 확인하는 계기가 되었습니다. 멋진 도시 가운데를 흐르는 과
달키비르강 위의 석양이 한동안 가슴속에 남아 있을 듯합니다.

　이제는 집으로 돌아가는
비행기를 타기 위해 마드
리드(Madrid)로 향합니다.
메마른 안달루시아의 뜨거
운 벌판을 달려 정열의 도
시 마드리드에서 긴 여행의
끝을 마치려 합니다. 마드

리드는 도시 어디를 가나 멋있는 건물과 활기찬 사람들로 넘쳐납니다.

꼭 해야 할 일이 있었습니다. 파블로 피카소의 작품 '게르니카 (Guernica)'를 보고 싶어 소피아미술관으로 한걸음에 달려갔습니다. 작품 앞에서 한동안 멍하니 있었습니다. 스페인 내전 당시 참상을 그린 이 작품은 분단 현실을 살아가고 있는 우리에겐 아주 특별했습니다. 피카소는 천재임이 틀림없습니다. 단 하나의 미술작품으로 평화와 인류애에 대한 울림을 줄 수 있으니 말입니다.

이렇듯 50일 일정의 스페인 순례길과 순례길 이후 여정을 모두 마치려 합니다. 마드리드 바라하스 공항(Barajas Airport) 출국장에서 또 다른 인생의 순례길을 떠나기 위해 집으로 돌아가는 비행기를 기다립니다.

제 2장

남미 여행 이야기

"길 위에서 보낸 시간이 나를 송두리째 변화시켰다."

– 체 게바라

프롤로그

2018년 6월 말 직장을 그만두고 어딘가로 떠나기는 해야 했는데, 마땅히 갈 곳이 없었습니다. 산티아고 순례길을 다시 한번 걸을까? 아님, 동유럽이나 포르투갈에서 몇 달간 살아 볼까? 여러 생각을 했습니다.

그런데 이런 생각이 들더군요. 자유여행이나 배낭여행을 해보고 싶은 사람들을 위해 여행 컨설팅이나 가이드 역할을 해주는 일이 나름 괜찮을 것 같다는 생각이 들었습니다. 그래서 직장 입사 동기들을 대상으로 남미 여행 갈 사람을 모집해서, 3명이 남미 여행을 떠나게 되었답니다.

이번 남미 여행은 2018년 10월 1일 ~ 12월 1일(2개월)간 페루, 볼리비아, 칠레, 아르헨티나, 브라질 등 5개국을 돌아보는 여행이었습니다.

여행 국가 선정은 일반적으로 배낭여행자들이 많이 찾는 여행지를 중심으로 결정했고, 동선은 페루 리마 IN, 브라질 리우데자네이루 OUT으로 전형적인 시계 반대 방향 남미 코스를 선택했습니다. 항공편은 미국 델타 항공으로 하고 비용 절약을 위해 미국에서 환승하는 항공편을 이용했습니다.

숙소는 에어비앤비를 통해 비교적 합리적인 가격대를 가지고 있으면서 관광지에 접근성도 좋은 곳을 선택하였고, 도시나 국가 간 이동은 나이나 체력을 고려하여, 장시간 소요되는 일반대중 교통보다는 항공편을 주로 이용했습니다. 그리고 시내 이동이나 짧은 구간의 경우 택시보다는 우버를 활용했습니다. 간혹 대중교통 이용이 곤란할 때는 렌터카도 이용했습니다.

경비는 국제선 및 국내선 항공요금을 포함, 약 2,100만원(개인당 700만원)이 소요되었습니다. 개인당 300만원 정도를 달러로 환전해서 현지에서 다시 국가별 화폐로 교환해서 사용했습니다. 휴대폰의 경우에는 가이드 역할을 하는 1명만 입국하는 국가마다 그 나라 유심을 사서 사용했습니다. 볼리비아를 제외하고는 대부분 국가의 와이파이 사정이 좋아 특별히 불편한 점은 없었습니다.

다시 남미를 여행할 기회가 생기면 3 ~ 4개월의 충분한 시간을 가지고 현지인의 생활상을 직접 볼 수 있는 곳들을 중점적으로 보는 여행을 하고 싶으며, 체력이 허락되면 렌터카를 빌려 남미 종단여행도 해보고 싶습니다.

  사실 우리나라에서는 남미에 대한 여행상품이 거의 없고 항공편도 좋지 않을 뿐만 아니라 여행상품 가격도 너무 비싸 선뜻 가기가 어렵다고 생각하는데, 남미도 유럽이나 북미 여행과 특별히 다른 게 없고 나름대로 여행 인프라도 잘 되어 있으니 한 번쯤 자유여행이나 배낭여행에 도전해 보시길 바랍니다.

남미에서의 첫 번째 일정, 리마(Lima) 시내 투어

어제 인천공항에서 16시간의 비행 끝에 미국 애틀랜타(Atlanta)를 거쳐서 밤늦게 페루 리마 호르헤 차베스(Jorge Chávez international Airport) 공항에 도착했습니다. 광주에서 페루 리마까지 오는데, 대략 30시간 정도가 걸린 것 같습니다.

피곤도 피곤이지만 주야가 바뀌어서 그런지 멍한 상태가 계속됩니다. 호텔에서 아침을 먹고, 리마 시내 관광도 하고 마추픽추 열차표도 예약하기 위해 신시가지인 미라플로레스(Miraflores) 지역으로 갔습니다. 미라플로레스는 리마의 신시가지로 고급 아파트와 쇼핑 상가가 밀집한 곳으로 서울로 보면 강남 정도로 보면 됩니다. 지형상 태평양과 인접해 있으며 도심 한쪽이 가파른 절벽으로 형성되어 있습니다. 리마는 환태평양 화산대의 지각 변동으로 태평양 쪽으로 경사가 심한 낭떠러지가 생겼다고 합니다.

두 남녀가 부둥켜안고 키스하는 조각상으로 유명한 미라플로레스 사랑의 공원(Parque del Amor)에서 멀리 광활한 태평양을 바

라보면서 한동안 앉아 있었습니다. 페루 젊은이 사이에서는 이곳에서 남녀가 키스하면, 절대 헤어지지 않는다는 속설이 있다는 데 믿어도 되는 건지 모르겠습니다. 사랑의 공원을 따라 몇 개의 작은 공원을 지나면 아주 현대적으로 지어진 라르코 마르(Larco Mar)라는 대형 쇼핑몰을 보게 됩니다. 리마에서 가장 큰 쇼핑몰이라고 합니다. 쇼핑몰 1층 여행사에서 일주일 후에 오얀타이탐보에서 출발하는 마추픽추 기차를 예약하고, 페루에서 쓸 수 있는 휴대폰 유심도 샀습니다.

저녁에는 야간 분수로 유명하다는 분수공원(Circuito Magico Del Agua)에 갔습니다. 터널식 분수는 물론, 음악에 맞춰 내 뿜는 다양한 분수가 흥미롭더군요. 관광객보다는 현지 주민들이 많이 오는 곳인 듯합니다. 공원 출구 쪽에 현지 식당이 즐비하게 있는데, 호객하는 아주머니를 따라 들어가 추천하는 송어요리로 저녁을 먹었습니다. 송어요리라는 게 그냥 생선튀김 요리인데 맛은 그저 그랬습니다. 내일은 이카(Ica)에 있는 사막마을 와카치나로 떠나야 하기에 호텔로 돌아와 여행 준비를 하고 잠자리에 들었습니다.

남미 여행의 즐거움, 와카치나(Huacachina) 사막 투어

이번 남미 여행에서의 첫 번째 일정으로 페루 리마 남쪽에 있는 오아시스 마을 와카치나(Huacachina)로 1박 2일 사막 투어를 떠났습니다. 와카치나로 가는 버스표는 한국에서 미리 인터넷으로 예약(이등석, 세미 까마)해서 바로 리마 시내 크로즈 델 수르(Cruz del Sur) 버스 전용 터미널인 Javier Prado로 갔습니다. 그곳에서 고속버스를 타고 4시간을 달려, 이카(Ica) 터미널에 도착했습니다. 남미 버스 회사 중 일부는 자체 터미널을 가지고 있는데, 페루에서는 우리가 탄 회사 버스가 가장 좋다고 합니다. 처음 페루 일정을 짤 때 렌터카를 빌려서 나스카 지상화로 유명한 나스카와 이카를 같이 둘러보려 했는데, 나스카의 지상화에 대한 호불호가 엇갈려

나스카는 다음 기회로 미루기로 했습니다.

이카는 페루 리마에서 남쪽으로 300km 정도 떨어져 있는 도시로, 인근에 오아시스 마을인 와카치나가 있습니다. 이곳은 드넓은 사막이 펼쳐져 있어 광대한 사막을 달리는 버기카 체험과 사막 샌드보딩으로 유명한 곳이랍니다. 페루에 광활한 사막이 있다는 것을 상상이나 할 수 있겠습니까?. 오후 1시가 넘어 이카 버스터미널에 도착해 보니, 수많은 삼륜 오토바이 택시인 툭툭이와 우리나라에서 생산했던 티코 차량이 엄청 많습니다. 남미에는 우리나라에서 이미 사라진 티코 자동차가 많이 있다고 합니다.

이카 터미널에서 와카치나까지는 4km 정도 떨어져 있답니다. 보통 거기까지 가는 택시는 사전에 가격을 절충하는데, 피곤하기도 하고 금액도 얼마 되지 않는 것 같아, 흥정 없이 와카치노 마을 숙소까지 왔습니다. 와카치노 가는 길에는 이곳 특산물인 와인을 광고하는 선전탑이나 간판들이 즐비했습니다. 마을에 가까워지니 마을 입구 왼편으로 높고 커다란 사막 언덕이 보입니다.

평생 처음으로 사막다운 사막을 보면서 사막이라는 게 이런 거구나! 하고 생각했답니다. 사실 제대로 된 사막을 TV에서나 보았지, 실제로 본 적은 없으니까요. 이곳 와카치나 숙소들이 별로 좋지 않다는 평가가 많아 어디로 할까 고민하다 호텔 예약사이트인 부킹닷컴에서 평점이 그래도 괜찮은 올리브 호스텔을 예약해서 그곳에 여장을 풀었습니다. 마을 가운데에 있는 오아시스가 바로 앞에 보이는 곳이었습니다. 숙소에 짐을 풀자마자 곧바로 마을 여행사에서 사막 버기카 투어와 선셋 투어를 예약했습니다.

사실 버기카는 여행 프로 그램에서 간혹 보긴 했지만, 실제로 타보는 것은 처음이었습니다. 우리가 타자마자 버기카는 사막 한가운데로 천천히 나가더니 갑자기 속력을 올리는 데 정말 무서워서 죽는 줄 알았습니다. 속도도 속도지만 급경사를 오르내리는 스릴감은 이루 말할 수 없이 흥미진진합니다. 버기카 투어가 남미 여행에서 최고라는 평가받는 이유를 알 것 같았습니다.

버기카를 타고 사막을 질주하는 시간이 끝나면, 급경사의 모래언덕을 내려오는 샌드보딩 체험순서가 기다리고 있습니다. 보드 밑바닥에 파라핀을 바르고 거의 70도 경사 위에서 내려오는 데 정말 재미있었습니다. 버기카 타기와 샌드보딩이 끝나면 일몰을 감상하기 좋은 모래언덕으로 이동합니다. 그곳에서 멀리 석양이 지는 모습을 보면서 사막에서의 하루를 마감하는 시간을 갖는데, 지는 해를 바라보면서 꿈도 꿔 보지 못했던 남미 사막 한가운데에 앉아 있다는 사실이 비현실적이라는 생각이 들었습니다.

내일 일찍 리마로 돌아가야 해서 저녁은 호스텔 자체 레스토랑에서 먹고 가벼운 맥주로 하루를 마무리했습니다. 사실 와카치나가 아주 작은 오아시스 마을이어서 돌아다니고 싶어도 갈 곳이 없답니다. 다음 날 아침, 버스 출발까지 시간이 조금 남아 오아시스 주변을 산책했습니다. 모래언덕 위에서 내려다보는 와카치나 마을은 평생 보지 못할 풍경을 주더군요. 아마 이곳에서의 버기카 투어나 하룻밤을 보냈던 추억은 한동안 강렬하게 가슴속에 남아있을 것 같습니다.

리마 전통시장 탐방 및 시내 투어

와카치나 사막 투어를 마치고 리마로 돌아와서는 에어비앤비를 통해 시내 중심가에 있는 원룸을 이틀간 빌렸습니다. 그런대로 깨끗하고 접근성도 나쁘진 않아 만족했습니다, 무엇보다 음식을 직접 만들어 먹을 수 있어 모처럼 쌀밥으로 아침을 먹었답니다. 숙소에서 관광지로의 접근성이 좋고 나쁘고는 우버를 이용하면 되니 크게 중요하지 않다고 해도, 너무 외곽이면 치안이 안 좋을 가능성이 있어 시내권에 숙소를 얻었습니다.

 아침을 먹은 후, 남미 사람들이 먹고 입고 사는 모습을 볼 수 있는 리마 수르끼야 (Mercado de Surquilla) 전통시장을 찾았습니다. 시장에서 팔고 있는 과일이나 생필품들이 우리에게는 생소한 것이 많아 재미있게 둘러보았습니다. 페루는 아열대 기후인 아마존강 유역에서 생산되는 맛있는 열대과일도 많습니다. 시장 푸드코트 과일주스 가게에서 값싸고 맛있는 주스를 사 먹기도 했답니다. 때마침 옆자리 페루사람으로부터 페루에서 꼭 가야 할 곳에 대한 정보도 얻었습니다.

유럽 문화권 도시 대부분은 우리 문화와는 다르게 광장을 중심으로 만들어졌다고 합니다. 스페인 문화권 역시 마찬가지로, 아르마스라는 광장을 중심으로 시장과 성당, 관공서가 밀집되어 있습니다. 페루 리마 또한 구시가지 역사지구에 아름다운 아르마스(Plaza de Armas)라는 광장을 가지고 있답니다. 리마 아르마스 광장 주변으로는 유서 깊은 대성당과 대통령궁이 자리 잡고 있습니다. 이러한 아르마스 광장은 1991년 유네스코 세계문화유산에 지정되었다고 합니다.

특히 리마 대성당(Cathedral)은 스페인 식민시대의 전형적인 건축양식을 보여주고 있으며, 대통령궁(Palacio de Gobiermo) 역시 스페인의 정복자 피사로가 직접 설계한 역사적 가치가 있는 건축물이랍니다. 대통령궁에서 매일 12시에 진행되는 근위병 교대식은 정말 볼 만 하더군요. 어떤 이는 영국 근위병 교대식에 버금간다고 하는데, 제가 봐도 엄숙하고 장중한 분위기가 멋졌습니다. 그외에도 구시가지에는 산마르틴 광장(San Martin)을 비롯해, 프란시스코 수도원, 라 우니온 쇼핑 거리(Jiron de la Union) 등 볼거리가 상당하니 주마간산이 아닌 천천히 거리를 걸으면서 스페인 식민시대의 건축물을 둘러보면 좋을 듯합니다.

남미다운 아름다움이 가득한 아레키파(Arequipa)

페루 국내선 비행기를 타고 아레키파 공항(Rodriguez Baloon Airport)에 도착했습니다. 페루 제2의 도시인 아레키파는 해발 2,335m에 자리 잡고 있으며 리마와 쿠스코의 중간 지점에 있는 교통의 요지입니다. 인구가 75만 명 정도로, 거의 해발 6,000m급 활화산 엘 미스티(El Misty)와 차차니(Chachani)가 도시 외곽에 위풍당당하게 자리 잡고 있답니다.

공항이 아레키파 중심부하고는 20km 정도 떨어져 있어 택시를 타고 시내로 들어갔습니다. 숙소는 에어비앤비를 통해 3박을 예약했는데, 가서 보니 너무 외곽지역에 있더군요. 그렇지만 시설이 깔끔하고 일행 3명이 따로 잘 수 있는 방도 있었고, 무엇보다도 옥상에서 바라다보이는 설산 풍경이 아름다웠습니다. 아쉽게도 주변에 특별하게 밥을 사서 먹을 만한 곳이 없는 것 같아, 첫날은 숙소 주방에서 가져온 인스턴트 음식으로 저녁을 먹고 쉬었습니다.

다음 날 아침 일찍 우버를 불러 구시가지 아르마스 광장으로 나 갔습니다. 광장 근처에 있는 햄버거 가게에서 간단히 아침을 먹고 천천히 아르마스 광장 주변을 둘러봤습니다. 2000년 유네스코 세 계문화유산으로 지정된 아레키파 중심가는 스페인식의 아름다운 건축물이 즐비하게 있어 구경할 것이 너무 많았습니다.

특히 아레키파 아르마스 광장(Plaza de Armas)은 화산을 품고 있는 이 지역의 특성을 이용, 씨야(Silla)라고 불리는 백색 화산암 으로 광장 전체를 만들어 푸른 하늘과 흰색 건축물이 아름답게 조 화를 이루고 있어 멋있었습니다 대성당(Basillica Cathedral of Arequipa) 역시 화산암으로 만든 남미 신고전주의 양식의 대표적 건축양식으로 지어졌습니다. 하얀색 건축물이 많아 사람들은 아레 키파를 백색의 도시라고도 부르는데, 정말 백색의 도시라고 불러도 될 듯합니다.

뭐니 뭐니 해도 아레키파에서 가장 유명한 곳은 1579년에 세워진 산타 카탈리나 수녀원(Monasterio de Santa Catalina)입니다. 약 20,000평 면적을 가지고 있고 도시 안의 작은 도시로 불리는 이 수녀원은 종교건물로는 페루에서 가장 규모가 크다고 합니다. 수녀원 내부는 1970년에 들어서야 공개되었다는데, 도시 속의 작은 도시라는 별칭에 걸맞게 골목길들을 스페인의 각 도시 이름으로 부르더군요. 그 골목을  따라 수녀들이 생활했던 회랑들과 작은 건물들이 자리 잡고 있습니다.

수녀원은 도로, 광장, 빨래터, 주거지 등 생활에 필요한 모든 시설이 잘되어 있었다고 합니다. 당시 이곳에서 생활한 수녀 대부분은 신앙심 때문에 수녀원에 있기보다는 관습이었던 강제 결혼을 피할 목적으로 여기에서 생활했다고 하네요.

개인적으로 인상적이었던 것은 수녀원 내부의 오밀조밀한 건축물, 파스텔톤의 담장과 기둥, 곳곳에 심어진 꽃들, 그리고 독특한 빨래터가 기억에 남았습니다. 날씨 또한 화창하고 좋아서 수녀원 내부를 돌아다니기가 너무 좋았습니다.

점심으로 밥을 먹고자 중심가에 있는 중국 식당에 들어갔습니다. 말이 안 통하니 그냥 쌀(Arroz)이란 단어가 들어간 음식을 주문했더니 볶음밥이 한가득 나오네요. 그런데 맛이 형편없어 음식 대부분을 남겼습니다.

아르마스 광장 근처에 있는 바로크 양식의 라 콤파니아(La Compania) 성당을 구경하고, 아레키파의 명동이라는 메르카데레스 길(Calle Mercaderes)을 둘러봤습니다. 이어서 산카밀로 재래시장(Mercado de Camilo)으로 갔습니다. 이 시장은 비옥한 화산 지질에서 생산되는 온갖 과일과 채소가 판매되는 곳이라는데 과일주스 가게가 많더군요. 역시 페루는 과일주스가 진심인 것 같습니다. 아르마스 광장에 있는 여행사에 들러 내일 출발할 콜카 계곡 투어를 예약했습니다. 투어는 1박 2일, 2박 3일 등 다양한 상품이 있었는데, 우리는 당일치기로 예약했습니다. 그런데 새벽에 아르마스 광장에서 관광버스가 출발하니 적어도 4시 40분 이전까지는 오라고 합니다. 부담되는 일정입니다.

콘도르를 찾아서, 콜카 계곡(Colca Canyon)으로!

묵고 있는 에어비앤비 숙소가 아르마스 광장에서 자동차로 20분 거리에 있어 새벽 4시에 우버를 불러 콜카 캐니언으로 가는 미니버스 타는 곳으로 갔습니다. 우버가 우리 숙소를 찾지 못해 한참을 헤맸지만, 우여곡절 끝에 무사히 아르마스 광장에 도착했습니다, 언어 소통에 문제가 있었나 봅니다.

보통 콜카 계곡 투어는 마카(Maca)라는 곳을 포함해, 작은 마을 세 군데를 들러 토산품이나 기념품을 구매하게 합니다. 또한 마을을 구경할 시간과 전망대에서 주변 화산이나 콜카 계곡을 감상할 기회도 준다고 합니다.

아르마스 광장에서 콜카 계곡 가는 미니버스를 타고 달리기 시작한 지 한 시간도 채 지나지 않아 머리가 찌근거리고 속이 메슥거립니다. 고산증세가 시작되고 있는 것 같아 고도계를 보니 4,700m 정도 됩니다. 이른 새벽 시간이어서 그런지 버스 안이 너무 추워 얼어 죽는 것 같습니다. 2시간을 달려 해발 4,910m 안데스 전망대에 차를 세워 10분간 자유시간을 줍니다만, 고산증으로 몸이 마음대로 움직여지지 않습니다. 자꾸 몸이 비틀거리고 속이 매스껍습니다. 몸 상태가 정상이 아니었지만, 전망대에서 바라본 주변 6,000m급의 사반카야(Sabancaya) 화산과 안데스 설산의 풍경이 아주 멋있습니다. 안데스에는 6,000m 이상의 산들이 60개 이상 있다는데, 히말라야산맥 다음으로 높은 산들이 많은 산맥이랍니다. 30여 분을 더 달려 어느 작은 마을에 버스가 정차한 뒤 허름한 블록 건물로 들어가게 하더니 이른 아침을 줍니다. 빵과 치즈, 버터, 고산증 예방에 좋다는 코카잎 차가 아침 메뉴인데, 고산증과 비몽사몽 잠결이어서 그런지 아침 먹기가 곤혹스럽습니다.

아침을 먹은 후 계속해서 콜카 계곡을 향해 버스는 달려갑니다. 멀리 산 아래 퀼트를 엮어 놓은 것 같은 밭들이 옹기종기 보입니다. 콘도르의 마을인 치바이(Chivay)에서 콜카 캐년 입장권을 끊고 콘도르를 볼 수 있는 전망대를 향해 들어갔습니다. 콘도르를 볼 수 있는 전망대에 도착하기 전, 마카(Maca) 라는 작고 아담한 마을에 들러 마을을 구경할 시간을 줍니다. 그런데 이 마을이 참 이뻤습니다. 노상에 잡상인들이 물건을 팔고 있었으나 물건 질이 그다지 좋지 않아 사지는 않았습니다.

11시쯤 콘도르와 콜카 계곡을 볼 수 있는 전망대(Cruz del Condor)에 도착했습니다. 이곳은 콜카 캐니언을 가장 잘 느낄 수 있는 곳이랍니다. 전망대 바로 앞에는 마치 칼로 자른 것같이 무섭게 패인 협곡들이 보입니다. 콜카 계곡은 수천 년간 콜카 강의 침식작용에 의해 조성되었다고 하며, 계곡 깊이가 무려 3,400m로 미국 그랜드캐니언의 두 배는 족히 된다고 합니다. 그야말로 압도적인 모습입니다.

　전망대에서 가장 높은 곳으로 올라가 콜카 캐니언의 웅장한 모습을 보고 있는데, 계곡 아래에서 몇 마리의 콘도르가 비상하고 있는 게 아니겠습니까? 콘도르는 운이 좋아야 볼 수 있다는데, 오늘 콘도르를 눈앞에 보다니 정말 행운인 것 같습니다. 콘도르는 대형 독수리의 일종입니다. 몸무게 12kg, 날개 길이가 3m에 달할 정도이며, 일부일처를 원칙으로 평생 한 배우자만을 만나 사랑하고 죽는다고 합니다. 어쩌면 원앙새보다도 더 지고지순한 사랑을 하는 동물이라 할 수 있겠죠. 보통 콜카 캐니언 아래쪽 온도가 올라가면 일종의 상승기류가 생기는데, 그때 콘도르가 상승기류를 타고 계곡 위로 비상한다고 합니다. 콘도르가 거대한 몸에도 불구하고 계곡 위, 아래를 비상할 수 있는 것은 계곡에서 생기는 상승과 하강기류 때문이랍니다.

　이번 콜카 캐니언을 찾게 된 직접적 동기는 2018년 9월 은퇴를 선언한 미국의 유명 가수 사이먼과 가펑클의 노래 "엘 콘도르 파 사" 때문입니다. 그런데 운 좋게 노래 속 콘도르를 직접 보게 돼서 다행입니다.

콜카 캐니언 전망대에서 콘도르를 보고 돌아오는 길에 가이드가 두 가지 체험 옵션 중 하나를 선택하라고 합니다. 계곡 아래 노천에서의 온천욕과 콜카 계곡을 가로지르는 집라인 타기 중 하나를 말이죠. 생애 처음으로 집라인(Zipline) 타기에 도전하기로 했습니다. 콜카 계곡 집라인은 우리나라에 있는 집라인과는 비교할 수가 없을 것 같습니다. 수직 직하 절벽을 가로질러 수백 미터 떨어진 반대편으로 가는 것이 처음에는 두려웠지만, 막상 타보니 긴장감이 만점이고 재미 또한 최고입니다. 앞으론 집라인이 있으면 무조건 타려 합니다.

　점심은 투어 가이드가 소개한 작은 마을에 있는 뷔페에서 먹었는데 맛은 그저 그랬습니다. 관광지 음식이라는 게 다 그렇겠지만, 남미 음식은 제 입맛에 맞지 않는 것 같아 여행 내내 먹는 즐거움은 별로 없었네요. 새벽 일찍 일어나 해발 4,000~5,000m 고도를 넘는 곳에 있어서 그런지 돌아오는 버스 안에서는 거의 실신 상태로 졸다가 오후 늦게 아레키파로 돌아왔습니다. 가끔 가이드가 창밖으로 보이는 알파카와 비쿠냐를 보라고 깨웠지만, 고산증으로 정신이 몽롱하여 그냥 잠만 잤답니다.

　아레키파에 돌아와서, 아르마스 광장 근처 식당에서 간단히 저녁을 먹고 숙소로 바로 들어와 쉬었습니다. 보통 남미 여행을 오면 페루에서는 마추픽추나 와라스(Huaraz) 국립공원, 나스카(Nasca), 이카(Ica)만 구경하고 아레키파는 가지 않는데, 아레키파는 도시 자체가 아름다울 뿐만 아니라, 주변에 있는 콜카 캐니언도 가볼 만한 가치가 있는 곳이랍니다.

마추픽추 관문 도시 쿠스코(Cusco)에 도착하다

벌써 남미 여행 10일째입니다. 06:00쯤 일어나 쿠스코에 가기 위해 우버를 타고 아레키파 공항으로 출발했습니다. 그런데 공항 체크인 때 탁송할 짐은 예약사항에 없다고 합니다. 현장에서 계산하려 하니 거의 항공요금과 비슷하게 나옵니다. 보통 항공편을 인터넷으로 예약할 때 탁송할 짐은 항상 선결제하는데, 이번엔 왜 빠뜨렸는지 의문입니다.

우리가 이용한 항공기는 페루 Viva 항공 소속의 소형 비행기로 약 1시간 정도를 날아 쿠스코 공항에 도착했습니다. 우버를 타고 예약해 둔 한인 민박집으로 향했습니다. 쿠스코에서는 마추픽추 근처 1박을 포함, 총 4박을 머무를 예정입니다. 한인 민박집은 20대의 젊은 친구 2명이 시내 주택을 임대해서 쿠스코를 찾는 한국인들에게 숙소로 제공하고 있었습니다. 침대 매트가 꺼져 있는 등 민박 시설이 좋진 않으나, 주방 사용이 가능하고 부실한 아침이지만 한식을 제공한다는 장점이 있어 이곳을 예약하게 되었지요.

해발 3,400m에 있는 쿠스코는 '세계의 배꼽'이라 부르는 잉카 제국의 마지막 수도랍니다. 인구는 약 42만 명 정도입니다. 잉카제국은 하늘에는 독수리가, 땅에는 퓨마가 다스린다는 독특한 세계관을 가지고 있습니다. 그런데 쿠스코는 퓨마 모양을 하고 있다고 합니다. 민박집에 짐을 풀고, 점심은 민박집에서 소개해 준 한국인이 운영하는 김밥집에서 국수와 김밥으로 하고, 아르마스 광장(Plaza de Armas)을 둘러봤습니다. 아르마스 광장은 바로크 양식과 르네상스 시대 건축양식의 모습을 가지고 있는 건축물들로 둘러싸인 광장입니다. 대부분의  남미 도시가 그렇듯이 아르마스 광장에는 잉카제국 비라코차 궁전 위에 지어진 헤수스 마리아 교회, 트리운포(Iglesia del Triunfo) 교회 등 총 12개의 성당과 역사 유적이 몰려있습니다. 아르마스 광장 입구 쪽에 있는 라 콤파니아 델 헤수스 성당(La Compania del Jesus Church) 내부도 대성당 못지않게 규모도 크고 아름다웠습니다.

내일은 1박 2일 일정으로 마추픽추에 다녀와야 하고 준비할 것도 많아서 쿠스코 시내 관광은 다음에 차분히 하기로 하고 일찍 민박집으로 돌아왔습니다. 오늘 공항에서 민박집까지 태워준 우버 기사에게 내일 "성스러운 계곡 투어(약칭 : 성계투어)"를 해줄 수 있는지를 문의했더니 좋다고 합니다. 민박집에서 묵는 한국인들과의 술 파티에 잠깐 있다가 바로 잠자리에 들었습니다.

마추픽추 가는 길, 성스러운 계곡 투어

오늘은 1박 2일 일정으로 마추픽추를 보러 가는 날입니다. 배낭은 쿠스코 민박집에 두고 간단한 세면도구만 챙겨 다녀오기로 했습니다. 아침 8시쯤 성스러운 계곡 투어를 안내할 우버 차량 기사 파블로(Pablo)가 우리를 태우러 왔습니다.

'성스러운 계곡'이란, 쿠스코와 마추픽추 기차역의 중간역에 해당하는 오얀타이탐보 마을까지 이어지는 협곡을 말합니다. 보통 마추픽추에 가기 전 여행자들은 이곳들을 둘러보고 본격적인 마추픽추 관광을 하곤 합니다. 오늘은 친체로(Chinchero) 마을과 모라이(Moray), 고산지역 염전인 살리네라스(Salineras)에 이어 오얀타이탐보(Ollantaytambo)까지 가는 여정입니다. 택시 기사는 우리 일행을 오얀타이탐보에 내려주고, 우리는 거기에서 열차를 타고 마추픽추로 가기로 했습니다.

제일 먼저 쿠스코에서 30km 떨어진 친체로 마을에 도착했습니다. 이 마을은 잉카의 설화에 무지개를 만드는 곳이라고 해서 지금도 '무지개 마을'이라 불립니다. 마을 입구에서 성스러운 계곡 전체를 돌아볼 수 있는 통합입장권을 개인당 70솔에 구입하고 마을 이곳저곳을 구경했습니다. 이곳은 잉카제국 시절 거대한 신전이 있던 곳으로 지금은 성당 외에 남아 있는 것은 거의 없으나, 광장에서 둘러보는 마을 모습만 봐도 과거의 화려한 모습을 유추해 볼 수가 있답니다. 광장에서는 관광객을 대상으로 알파카 털로 만든 모자 등 여러 공예품을 팔고 있었는데, 딱히 살만한 것이 없어 그냥 구경만 했습니다. 마을 구경을 하는데 소풍을 온 듯한 순박한 페루 학생들이 한국 사람이라고 하니 무척 좋아합니다. 같이 사진도 찍고 되지도 않는 스페인어로 이야기도 하면서 재미있는 시간을 보냈습니다.

친체로 마을에서 살리네라스로 가는 도중 천연 염색하는 곳에 들러 알파카를 배경으로 전통 복장을 한 여자들과 기념사진을 찍었습니다.

그냥 나오기가 미안해서 방울이 달린 털모자를 샀습니다. 이 모자는 유일한 남미 여행의 상징물이 되어 남미 여행 내내 쓰고 다녔답니다.

'살리네라스'(개별 입장권 10 솔)는 해발 3,000m 고산에 만들어진 약 600년 된 남미 전통 방식의 산악염전입니다. 과거 이곳은 바다였다가 융기된 지역으로, 수백만 년 동안 굳어진 소금 암석 지대를 흘러가는 지하수나 빗물이 소금물로 만들어진다고 합니다. 해발 3,000m가 넘는 험악한 가파른 산에 사람의 힘만으로 계단식 염전을 만든 것을 보면 경이롭다는 것 이외에 달리 표현할 방법이 없답니다. 아직도 이곳에서는 소금으로 물물교환으로 생계를 이어간다네요. 염전에 있는 소금물은 멀리서 보면 황토색도 있고 흰색도 있습니다. 황토색이 점점 흰색으로 변해 간다고 합니다. 소금물을 직접 맛보니 바닷물보다 훨씬 짭니다.

다음 여정으로 살리네라스에서 20분 거리에 있는 잉카제국 시절에 만들어진 깊이 280m의 계단식 원형 경작지인 '모라이'를 찾았습니다. 잉카 시절 이곳에서는 기온과 고도에 따른 영농방법을 개발했는데, 이 방법은

계단 간 온도 차이를 이용해 주식인 옥수수, 감자 등의 품종을 개량한 것이었습니다. 당시 개량한 감자는 3,000여 종, 옥수수는 700여 종에 달한다고 하네요. 척박한 토지에서 곡식을 재배하고 품종을 개발했던 잉카인들의 과학적인 영농기술이 경이롭습니다.

살리네라스에서 구불구불한 산길을 달려 우르밤바로 가는 길 풍광이 정말 멋집니다. 점심을 우르밤바(Urubamba)에서 먹기로 하고 택시 기사가 안내하는 곳으로 갔는데, 그냥 평범한 뷔페식 식당

이었답니다. 음식 맛도 그저 그래서 겨우 허기만 달랬습니다. 우르밤바는 마추픽추 밑 계곡을 흐르는 우르밤바 강 옆에 있는 제법 규모가 있는 마을입니다. 주위에는 해발 수천 미터가 넘는 높은 산들이 이 마을을 에워싸고 있습니다. 이곳은 쿠스코에서 마추픽추로 가는 여정의 중간 지점이어서 많은 여행자가 이곳을 거쳐서 마추픽추로 가고 있다고 합니다.

우르밤바에서 오얀타이탐보로 가는 도로 양편으로는 높은 산과 마추픽추로 가는 기찻길이 있습니다. 우르밤바강 풍경도 멋있고 운전기사인 파블로의 성의 있는 설명으로 재미있는 여행길이 되었답니다. 한참을 가는 도중 운전기사 파블로가 높고 가파른 절벽 위에 아슬아슬하게 매달린 캡슐형 호텔 방을 보라고 합니다. 낭떠러지에 매달린 호텔 방에서 편한 잠을 잘 수나 있을까 하는 생각이 들었습니다. 그런데 절벽 호텔 방에서 하룻밤 자는데 300달러나 된다니 놀랄 일입니다.

오후 4시쯤 오늘의 성스러운 계곡 투어의 마지막 여정인 오얀타이탐보 마을에 도착했습니다. 오얀타이탐보는 잉카제국 시절 태양신을 모신 신전이 있던 곳이랍니다. 마지막으로 스페인 군대와 격전을 벌였던 곳이기도 하고요. 이곳에는 마추픽추로 가는 기차역이 있어 마추픽추 여행자는 반드시 이곳을 지나가야 합니다. 작은 마추픽추로도 불리는 오얀타이탐보는 잉카제국에서 쿠스코 다음으로 중요한 도시였다고 합니다.

마을 중심지에만 약 1,000명 이상의 사람들이 거주했다 하며, 아직도 잉카 시절 마을 모습이 가장 잘 남아있는 곳입니다. 마추픽추와 비슷하다는 유적 지대의 가파른 산비탈에는 계단식 경작지가 있고, 거대한 돌로 만든 태양의 신전, 관개시설, 곡식 저장창고까지 있습니다. 제일 높은 곳인 태양의 신전에 올라서면 오얀타이탐보 마을뿐 아니라 성스러운 계곡 전체가 한눈에 들어옵니다. 도시 건설에 필요한 돌을 우루밤바강 반대편 채석장에서 옮겨와서 하나하나 정교하게 다듬어 1mm의 오차도 없이 석축을 쌓았다는 사실을 보면, 잉카인의 석조 건축 기술은 비교 불가인 게 분명합니다.

기차 시간이 남아 오얀타이탐보 재래시장 구경도 하고 기차역 가는 길에 있는 식당에서 이른 저녁을 먹고, 마추픽추 전초기지인 아구아스 칼리엔테(Aguas Caliente)행 열차를 탔습니다. 산중이어서 그런지 해가 빨리 저뭅니다. 아구아스 칼리엔테에 도착하니 주변이 깜깜합니다. 호텔 시설은 형편없었지만, 어차피 하룻밤만 묵을 거니 참고 있어야겠죠?

명불허전! 마추픽추(Machu Picchu)

  새벽부터 비가 내립니다. 이렇게 계속 비가 온다면 마추픽추의 온전한 모습을 보지 못할 수도 있다는 생각에 걱정이 태산입니다. 아침을 먹고서도 비가 그치지를 않습니다. 입장 시간은 정해져 있고, 쿠스코로 돌아가기 위해 타야 하는 기차 시간도 정해져 있어 무조건 마추픽추로 올라가야만 했습니다.

  마추픽추에 오르기 위해서는 아랫마을인 아구아스 칼리엔테에서 셔틀버스를 타고 마추픽추로 올라가야 합니다. 물론 도보로 오르는 사람도 있지만, 시간과 힘이 너무 들어 보통 버스를 타고 올라갑니다. 비가 오고 있는데도 아침부터 셔틀버스를 타려는 사람들로 정

 류장은 인산인해를 이루고 있습니다. 우의를 꺼내 입었지만 이른 아침이라 그런지 한기가 느껴집니다. 20여 분 구절양장의 산길을 돌아 마추픽추 정문 입구에 도착했습니다. 안개가 자욱해서 도무지 앞이 잘 보이질 않습니다. 여권을 제시하고 입구를 지나 한동안 오르막을 오르는데, 사람들은 한눈에 마추픽추의 전경을 보려고 눈을 감거나 땅바닥을 보면서 걷습니다. 저 역시 바닥을 보면서 마추픽추 입구에 들어섰습니다.

눈을 떠 보니 정면 아래에 마추픽추의 장엄한 모습 대신 안개만 자욱합니다. 간간이 안개 속에서 드러나는 마추픽추의 모습을 보면서 날씨가 좋아지기만을 기다렸습니다. 초등학교 때 세계 일주 여행가 김찬삼 선생님의 여행기  사진에서 우연히 봤던 마추픽추라는 곳을 마침내 눈앞에서 직접 볼 수가 있다는 게 정말 꿈만 같았습니다. 얼마나 기다렸을까요? 맞은편 와이나픽추 쪽부터 날이 맑아지기 시작합니다. 맑아지면서 선명하게 보이는 마추픽추의 전경에 말문이 막힙니다. 이건 상상이 아니라 현실이야! 하면서 연신 탄성을 지릅니다.

해발 2,400m 높이에 수십만 개의 돌을 옮겨 놓아 어떻게 이렇게 웅장한 비밀의 공중 도시를 만들 수 있었을까요? 세계 최고의 불가사의라고 말하는 이유를 앞에 있는 마추픽추를 보면서 생각해 봅니다. 마추픽추 전경을 배경으로 사진을 찍을 수 있는 포인트에 서는 사람들이 줄을 서서 기다리고 있었습니다. 이곳에서 오랫동안 마추픽추를 사진에 담느라 시간을 보냈습니다.

마추픽추는 1911년 미국의 역사학자인 예일대 교수 벨몬드 하이람 빙엄(Belmond Hiram Bingham)에 의해 발견된 곳으로 잉카제국이 건설한 여러 도시 중에서 가장 신비로운 곳으로 알려져 있으며, 현재까지 훼손되지 않고 완벽한 원래의 모습을 갖추고 있는 유일한 곳이랍니다. 무엇보다도 이렇게 높은 곳에 거대한 돌들을 어떻게 운반해 와서 건축물을 지었으며, 왜 갑자기 이곳에 살던 모든 이들이 사라졌는지에 대한 의문점이 사람들을 궁금하게 한다고 합니다.

마추픽추에는 관광의 주요 포인트들이 있습니다. 마추픽추 출입자를 감시했던 양치기의 집(Guard House)을 비롯하여 정교한 잉카의 석조양식으로 완성된 신전지역(Temples Zone), 케추아어로 '태양을 묶어 놓은 기둥'이라는 인티와타나(Intiwa tana)와 콘도르 신을 제사 지냈던 콘도르 신전(Temples Condor), 그리고 마추픽추에 농경과 식수에 필요한 물을 조달했던 수리 시설, 농작물을 저장했던 창고 지역(Qolqas Storage)을 돌아보면서 공중 도시 마추픽추의 불가사의함에 다시 한번 놀라게 되었습니다.

2시간 남짓 마추픽추의 이곳저곳을 둘러보고 쿠스코로 돌아가는

기차 시간 때문에 아구아스 칼리엔테로 내려왔습니다. 오얀타이탐보까지 잉카 레일 기차로 이동하고 거기에서 다시 콜렉티보 밴으로 갈아타고 쿠스코로 돌아가기로 했습니다. 시간이 조금 남아 역 근처 식당에서 점심을 먹고 마을 구경을 잠깐 하고 오후 2시 30분 쿠스코 행 기차를 탔습니다. 사실 마추픽추로 가는 기차 요금이 엄청 비싼 편이었는데 비싼 값을 하는 것 같습니다. 열차 내부는 천장과 양쪽 창문이 거의 통유리처럼 되어 있어 가는 내내 우르밤바강 주변 풍경을 맘껏 즐기게 되었고, 기차 내에서 유령 분장을 한 사람들이 승객들을 대상으로 공연도 하고 음악 연주도 해서 지루한 줄 모르고 오얀타이탐보까지 갈 수가 있었습니다.

오얀타이탐보에서 쿠스코 가는 방법은 택시나 버스(콜렉티보)를 타는 방법이 있는데, 우리는 그냥 저렴하고 빨리 가는 콜렉티보를 타고 갔습니다. 쿠스코 한인 민박집에 오후 늦게 도착했습니다. 저녁 먹을 시간까지는 시간이 많이 남아 근처 빨래방에 그동안 밀린 빨래를 맡겼습니다. 가격도 저렴하고 깨끗하게 정리해서 주기까지 합니다(kg당 2솔).

저녁은 아르마스 광장 근처 페루 음식점에서 스테이크로 했는데, 고기의 질이나 맛이 별로였네요. 아무래도 고기는 칠레나 아르헨티나 쪽에나 가야 제대로 된 것을 먹을 것 같습니다. 저녁을 먹고 아르마스 광장을 산책했습니다. 쿠스코 야경은 도시 전체에 점점이 박혀 있는 별처럼 빛나는 백열등 조명이 정말 아름답습니다. 특히 아르마스 광장은 주변 대성당 등 건축물들과 어울린 야경이 운치 있고 멋있었습니다.

민박집에 돌아와서는 주인에게 비니쿤카 예약을 부탁했습니다. 내일은 쿠스코 시내와 산토도밍고 성당(코리칸차 유적), 12각 돌 등을 돌아보는 주변 관광을 할 계획입니다.

페루 여행의 중심 쿠스코(Cusco)

쿠스코에 도착한 날 잠깐 아르마스 광장 근처를 돌아봤지만, 쿠스코 시내를 본격적으로 돌아보지 않아 오늘은 아르마스 광장 근처 대성당을 비롯하여 쿠스코 재래시장, 그리고 잉카제국의 코리칸차(Qoricancha) 유적지를 돌아보기로 했습니다.

원래 쿠스코는 파란 하늘로 유명한데, 오늘은 구름이 잔뜩 끼어 있는 날씨입니다. 아침 일찍 쿠스코의 시장 모습이 궁금해서 쿠스코 역사 문화지구에 있는 산페드로 시장(Mercado de San Pedro)을 찾았습니다. 산프란시스코(San Sanfrancisco) 광장 옆 산타클라라 아치(Arch of Santa Clara)를 지나면 산페드로 성당(Iglesia de San Pedro)이 나옵니다. 산페드로 성당 바로 옆이 산페드로 시장입니다. 산페드로 시장은 가게 수가 1,200개 정도 되는 쿠스코에서 가장 큰 시장이랍니다. 이곳은 현지 주민뿐만 아니라 관광객들이 기념품을 사기 위해 자주 찾는 곳으로, 쿠스코 주민들의 일상생활 모습을 엿보기 좋은 곳이지요. 시장 식당에서 우리 갈비탕과 비슷한 페루식 뼈다귀해장국을 먹어 봤는데 맛이 우리

해장국과 정말 비슷합니다. 식당 주인 여자도 유쾌해서 우리와 농담도 하고 사진도 같이 찍었습니다.

시장을 나와 쿠스코 전경을 한눈에 볼 수 있는 크리스토 블랑코(Cristo Blanco) 전망대로 우버를 타고 이동했습니다. 크리스토 블랑코 전망대는 대형 예수상이 있는 곳으로 쿠스코에서 랜드마크 같은 곳이죠. 부에노스아이레스 예수상의 축소판으로 주변이 그다지 깨끗하지는 않았지만, 쿠스코 전경을 볼 수 있는 유일한 곳이어서 그런지 사람들이 많이 찾고 있었습니다. 근처에 삭사이와망(Saqsaywaman)이라

는 유적지도 있었지만, 피곤하기도 해서 직접 가지는 않고 멀리서 보는 것으로 만족했습니다. 그런데 잉카제국의 대표적 석조 건축물인 삭사이와망에 가지 못한 것이 나중에 후회가 되더군요.

시내 쪽으로 다시 나와 스페인 식민시절 세워진 산토도밍고 성당(Santo Domingo Church)을 찾았습니다. 산토도밍고 성당은 스페인 군대가 잉카제국의 코리칸차 신전을 부수고 그 위에 세운 성당이랍니다. 원래 코리칸차 신전은 잉카제국이 숭배하던 태양신 인티(Inti)를 모시는 신전으로 아주 정교하게 만들었는데, 스페인 사람들이 신전을 부수고 터와 외곽 벽만을 남기고 그 위에 산토도밍고 성당을 건축하였답니다. 스페인은 남미에서 잉카나 마야의 유

적을 부수고 그 위에 성당을 짓는 이유가 "우리의 신(神)이 너희의 신(神)보다 우월하다"라는 의미를 강조하기 위해서라고 합니다.

성당 관람은 개별적으로는 할 수 없고 가이드 인솔하에만 가능합니다. 성당 가이드 투어는 산토도밍고 성당이 지어진 경위나 방법, 그리고 잉카제국 석조기술의 우수성에 관해 설명해 주더군요. 성당 내에는 잉카 시대 예술품이 많이 전시되어 있었고 성당에 있는 동서남북 방향의 회랑이 아주 인상적이었습니다. 성당을 구경하고 나오는데 쿠스코 여자 중학생들이 브라스 밴드 공연을 하고 있어 한참 동안 보았습니다.

쿠스코 관광의 백미는 뭐니 뭐니해도 잉카인들의 뛰어난 석조기술을 한눈에 볼 수 있는 로레토 길 담벼락이라 할 수 있습니다. 특히 그중에서도 12각 돌이 압권입니다. 처음에 가면 그 돌이 그 돌처럼 보여 12각 돌을 찾기가 쉽지는 않습니다. 그러나 많은 사람이 특정 담벼락 돌 앞에서 사진을 찍고 있다면 그곳이 12각 돌이라 보면 됩니다. 신기합니다. 회반죽을 하나도 쓰지 않고 종이 한 장 들어가지 않을 만큼 정교하게 쌓아 올려진 담이 놀랍습니다. 잉카제국의 석조 건축 기술을 경이롭게 보지 않을 수가 없네요. 철기시대까지 진보하지 못한 잉

카제국이 청동기 도구만으로 이렇게 돌을 깎고 다듬었다는 게 정말 놀랍습니다.

쿠스코에서는 조금만 걸어도 피곤해지는 것 같습니다. 아마도 해발고도로 인한 고산증 때문인 듯합니다. 내일은 해발 5,000m를 왔다 갔다 하는 비니쿤카 등반을 하고 쿠스코로 돌아와, 바로 야간버스로 푸노(Puno)로 떠나는 힘든 일정이라 저녁만 먹고 민박집으로 돌아왔습니다.

신기한 무지개산 비니쿤카(Cerro Colorado Vinicunka)

오늘은 해발 5,000m에 있는 형형색색 무지개 색깔로 유명한 비니쿤카(Vinicunka)를 등반하기로 했습니다. 페루에서 마추픽추에 이어 반드시 가봐야 할 곳으로 알려진 비니쿤카는 잉카제국 언어인 케추아어로 '무지개산'이라는 뜻이랍니다.

새벽 5시쯤 여행사 버스가 숙소 앞으로 와서 우리 일행을 태웠습니다. 새벽잠을 설치는 것도 그렇지만 5,000m를 넘나드는 고산지역에서 산을 오른다고 생각하니 걱정이 앞서더군요. 2시간의 시골 산길을 달려 도중에 있는 작은 마을에서 아침을 먹었습니다. 간단한 빵과 커피, 음료가 전부였지만 오랜 시간 동안 걸어야 하기에

든든히 먹고 출발합니다. 아침을 먹고 20분 정도를 더 달려 비니쿤카 등반을 시작하는 곳에 도착했습니다. 날씨가 우중충하기도 하고 고산병 증세가 있어서인지 컨디션이 그리 좋지는 않았습니다.

입구에서 입장료를 지불하고 나니 등산용 지팡이 하나를 줍니다. 산티아고 순례길에서 느낀 것이지만 산길을 걷는 데는 지팡이가 꼭 필요하답니다. 간단한 스트레칭을 마치고 삼삼오오 출발했습니다. 보통 고산증이나 체력에 자신이 없는 사람들은 말을 타고 가는데, 같은 버스에 탔던 한국 젊은 청년들도 말을 빌려서 타고 가네요. 나이 많은 우리도 걸어가는데 젊은 친구들이 말을 타고 가니 좀 이해가 되지 않았습니다. 고산병은 나이와 상관이 없나 봅니다.

걸어가는 산길이 험하지는 않았으나 오르막이 계속되고 노면이 비에 젖어 있어 걷는 게 쉽지는 않았습니다. 조금만 걸어도 숨이 차서 걷다가 쉬기를 반복했습니다. 마부가 비어 있는 말을 끌고 우리 뒤를 바짝 따라오면서

말을 타라고 계속 유혹하지만, 그냥 끝까지 걷기로 하고 가는 길을 재촉했습니다.

1시간 30여 분을 걸으니 멀리 정상이 보입니다. 마지막 급경사를 놔두고는 말을 탄 사람들도 걸어서 가야 합니다. 정상에 올라서니 오른쪽으로 연이어서 보이는 산들의 풍경이 기가 막힙니다. 정말 무지개가 산 전체에 입혀져 있는 듯합니다. 상상조차도 못 해본 풍경에 입이 다물어지지 않습니다. 이렇게 산이 무지개처럼 생기게 된 이유는 퇴적된 광물이 산화되어 지금의 형형색색의 모습을 만들어 내는 것이라 합니다. 정도의 차이는 있지만 이곳 말고도 이런 무지개 산들이 쿠스코 근방에 몇 군데 더 있다고 합니다.

정상에 올라가니 눈비가 내리고 바람도 거세게 불어 엄청 춥습니다. 정상에 오른 사람들은 무지개산을 배경으로 기념사진을 찍거나 제각각의 뒤풀이를 합니다. 저도 한국 대학생에게 태극기를 빌려 무지개산을 배경으로 인증 사진을 찍었답니다. 정상에는 매서운 눈보라가 몰아쳐 도저히 있을 수가 없어 곧바로 하산했습니다.

하산길은 고산증세에 어느 정도 적응이 되어서인지 어려움 없이 금방 내려올 수 있었답니다. 그런데 하산길에서 구토를 하는 등 고산증 증세가 더 심해지는 사람들도 보이더군요. 출발하기 전에는 우리 일행 모두가 나이가 많아 혹시나 고산증에 힘들어하지 않을까 걱정해서 가져온 고산증 약을 먹을까도 생각했지만, 약을 먹지 않고도 무사히 비니쿤카 등반을 마쳐 다행이라는 생각을 했습니다.

돌아오는 길에 어느 한적한 마을 식당에서 가성비 있는 뷔페로 점심을 맛있게 먹고 쿠스코로 돌아왔습니다. 비니쿤카 등반을 무사히 마친 기념과 오늘 밤 쿠스코를 떠난다는 생각에 간단히 맥주 파티를 하고 민박집에서 버스 시간까지 기다리다가 밤 10시경 야간버스를 타고 푸노로 떠났습니다.

하늘 위 호수, 티티카카(Lago Titicaca)

쿠스코에서 밤 10시 버스를 타고 다음 날 아침 6시쯤 티티카카 호수를 품고 있는 페루의 고산도시 푸노(Puno)에 도착했습니다. 푸노는 볼리비아로 넘어가는 관문이자 해발고도가 거의 4,000m가 넘어 숨쉬기조차도 힘든 도시지만, 티티카카 호수의 아름다운 풍경과 그 호수에서 살아가는 사람들의 생동감 있는 모습을 볼 수 있는 도시랍니다. 오는 길에는 스페인 지배 시절에 은(銀) 광산으로 유명했던 포토시(Potosi)를 잠깐 들렀는데, 예전의 명성은 간데없고 도시가 너무 칙칙하고 어두워서 조금은 실망했습니다. 시간이 있었으면 이곳에서도 하루 정도 머물렀으면 하는 아쉬움은 있었습니다.

푸노에 도착하여 터미널에 있는 식당에서 아침을 간단히 먹고 시내 구경을 했는데, 시내 규모는 그리 크지 않았고 볼거리도 거의 없었습니다. 푸노에서는 오전 시간 동안만 있기로 해서 가장 빠른 유람선으로 티티카카 호수에 있는 우로스(Uros)섬으로 출발했습니다. 보통 푸노를 찾는 관광객들은 우로스섬과 타킬레섬 두 군데를 다 돌아보고 하루 정도를 푸노에서 보내고 다음 행선지로 떠나는데, 우리는 오늘 중으로 볼리비아 국경을 넘어야 해서 간단히 우로스섬만 보기로 했답니다.

"하늘에 닿을 듯한 높은 고원이 호수를 품었다. 호수는 하늘이 되고 하늘은 호수가 되었다."

유람선을 타고 가는데 정말 티티카카 호수는 하늘 위 호수였습니다. 때마침 날씨도 청명해서인지 하늘 위 구름이 바로 머리 위에 있는 듯한 착각을 줍니다. 고도가 높아서 그런 모양입니다. 우로스섬으로 가는 내내 티티카카 호수 하늘은 이제까지 보지 못한 하늘이었습니다. 말로 표현하지 못할 아름다운 모습이었답니다. 티티카카 호수 면적은 우리나라 전남과 전북을 합친 크기라고 합니다. 최대 수심이 280m나 되는 남미 최대의 담수호로 배가 다니는 호수 중 세계에서 가장 높은 곳에 있답니다. 티티카카 호수의 물은 주변 안데스산맥에서 흘러 내려와서 형성되었다고 하네요,

푸노 티티카카 호수 선착장에서 출발한 배는 30분 정도를 달려 우로스섬에 도착합니다. 우로스섬은 티티카카 호수에서 자생하는 토토라(Totora) 라는 갈대를 엮어 만든 40여 개의 인공섬을 말하는데, 잉카제국 시절 소수민족이던 우루족이 잉카족의 핍박을 피해 이곳으로 와서 이렇게 독특한 주거환경을 만들어 생활하게 된 것이라 합니다.

섬에 발을 내딛는 순간 갈대로 엮어진 바닥이 푹신해 꼭 빠질 것 같은 느낌이었습니다. 섬이 흙으로 만들어지지 않고 갈대로만 만들어졌다는 것 외에는 그냥 섬과 같다고 생각하면 됩니다. 거주하는 주민들이 실제 생활하고  있고 생업으로는 물고기를 잡아 생계를 유지하고 있답니다. 간혹 관광객을 대상으로 기념품 판매나 체험활동을 부업으로 하고 있다는 데, 너무 상업적이라는 느낌을 주어서 개운치가 않았습니다.

돌아오는 배 선상에서는 악기를 연주하는 사람이 페루 고유 음악 연주를 해줘서 돌아오는 여정이 아주 즐거웠답니다. 비록 짧은 2시간 동안의 우로스섬 투어였지만, 광대한 티티카카 호수에서 토토라로 만들어진 우로스섬에 사는 주민들의 생활상을 엿볼 수 있게 되어 나름대로 의미 있는 시간이었습니다.

볼리비아 국경 넘어 아름다운 코파카바나(Copacabana)

우로스섬을 둘러보고 버스터미널 식당에서 커피 한잔으로 휴식을 취한 후 볼리비아 코파카바나로 가는 버스를 탔습니다. 페루 푸노에서 볼리비아 코파카바나까지는 버스로 5시간 정도 소요됩니다.

2시간 정도 티티카카 호수를 왼쪽으로 끼고 달립니다. 눈이 아플 정도의 푸른 하늘과 아름다운 호수를 보면서 갈 수 있어 행복했습니다. 어느 작은 길가 마을에 버스를 세우더니 볼리비아 돈으로 환전할 사람은 환전하고 화장실도 다녀오라 합니다.

거기서 한 시간 이상을 더 달리자 페루와 볼리비아 국경이 나옵니다. 여기서는 모두가 버스에서 내려 출국 수속을 밟습니다. 출국 수속이 끝나면 걸어서 볼리비아 국경까지 가야하는데, 가는 도중 페루 기념 조형물 앞에서 출국 기념사진을 찍는 사람들이 많습니다. 걸어서 국경을 넘는 경험은 2011년 3월 태국에서 라오스로 입국할 때 걸어서 들어간 이후 두 번째입니다. 볼리비아는 비자가 필요한 국가로 이번 남미 여행을 출발하기 전에 황열병 접종과 주한 볼리비아 대사관에서 비자를 받았기에 간단한 입국 절차만 받고 볼리비아에 입국했습니다. 다시 거기서 볼리비아 버스로 갈아타고 1시간 정도를 더 가서 티티카카 호수에 접한 볼리비아 휴양관광지인 코파카바나(Copacabana)에 도착했습니다.

점심시간이 훨씬 지나 배도 출출해서 티티카카 호수 주변에 있는 12번 송어요리 포장마차 집에서 송어요리(트루차)를 맛있게 먹었습니다. 이 식당은 한국인들에게 유명한 곳으로 한글 메뉴판을 비치하고 있으며 한국인들에게만 콜라 1병을 무료로 제공한다고 알려져 있답니다.

숙소는 부킹닷컴 평점이 좋은 라 쿠풀라(La Cupula)라는 호텔을 얻었는데, 이곳에서 바라보는 코파카바나 호수 전경이 멋있다고 알려진 곳이어서 여행자들에게 인기가 좋다고 합니다. 정말 전망대에서 바라보는 것 같이 한눈에 아름다운 티티카카 호수 풍광을 볼 수 있었습니다. 또한 방안에 페치카까지 있어 추운 볼리비아에서의 첫날 밤을 따뜻하게 보낼 수 있었습니다.

숙소에 짐을 풀고 코파카바나를 가장 잘 볼 수 있는 칼바리오 언덕(Cerro Calvario)에 올라갔습니다. 역시 코파카바나 항구 전체를 한눈에 볼 수 있는 곳이어서 그런지 아름다운 코파카바나의 전경을 오랫동안 바라보았습니다. 전망대를 내려와 코파카바나 시내로 갔습니다. 코파카바나는 아주 작은 동네라서 시가지를 포함해서 재래시장과 대성당 등을 구경하는데 한 시간 정도면 충분했습니다.

저녁은 모처럼 코파카바나에서 제일 유명하다는 레스토랑에서 정식 요리를 먹었습니다. 음식 맛보다는 촛불로 간접조명을 멋있게 연출해서 레스토랑 분위기가 아주 좋은 곳이었답니다. 내일은 티티카카 호수를 떠나 볼리비아의 수도 라파스(La paz)에 입성합니다.

세상에서 가장 높은 수도, 라파스(La Paz)

좋은 숙소에서 하룻밤을 푹 쉬어서인지 아침이 상쾌합니다. 오늘 일정인 코파카바나 버스터미널에서 라파스까지는 버스로 4~5시간 정도 걸립니다. 가는 길이 참 아름답고 날씨 역시 화창하고 좋습니다. 오늘도 여전히 티티카카 호수를 끼고 달리는데, 이름 모를 선착장에 도착하더니 승객들을 모두 내리게 합니다. 그리고 작은 선박에 옮겨 타게 하고, 버스 역시 바지선에 올라타 건너편 쪽으로 건너갑니다. 다리가 가설되어 있지 않아 이렇게 승객과 버스를 따로따로 분리하여 이동시키는 모습이 정말 신기했습니다.

3시간을 더 달려 볼리비아의 수도 라파스(La Paz)에 도착했지만 교통 체증으로 입구부터 정체가 아주 심합니다. 어제 급하게 카카오톡으로 한인 민박집에 연락해서 픽업서비스와 숙소를 예약했는데, 다행히 민박집 아들이 시간 맞춰 차를 가지고 버스터미널에 나와 있었습니다.

볼리비아의 행정수도 라파스에 대한 첫인상은 도시가 사막 가운데 있는 것처럼 무척이나 삭막하다는 느낌이었습니다. 해발고도가

4,000m에 가까워 다시 고산병 증세로 머리가 찌근거리기까지 합니다. 민박집으로 가는 동안 머리 위로는 라파스의 대중교통 수단인 텔레페리코(Mi Teleferico)가 지나다녀 신기하기만 합니다. 자동차로 1시간 남짓을 달려 한인 민박집에 도착했습니다. 민박집은 도심지와는 좀 떨어진 외곽지역이었습니다. 한인 민박집에서 묵는다고 생각하니 마음이 한결 놓입니다. 저녁은 고대하던 한식이 나와 모처럼 포식했습니다.

사실 라파스는 우유니 소금사막에 가거나 아니면 수크레(Sucre)나 다른 도시로 이동할 때 잠깐 경유하는 곳이지, 관광지로 찾는 곳은 아니랍니다. 기껏해야 달의 계곡(Valle de la Luna)이나 사가르나가 여행자 거리(Calle Sagarnaga), 마녀 시장(Mercado de las Brujas) 정도가 라파스에서 볼만한 관광지라고 할 수 있을 겁니다.

그런데 무엇보다 인상적인 것은 라파스의 대중교통 수단인 텔레페리코였습니다. 남미 도시 대부분은 고질적인 교통 체증으로 도시 전체가 몸살을 앓고 있다고 합니다. 그래서 이러한 고질적인 교통 체증을 완화하기 위해 페루 리마는 BRT(간선 급행버스)를, 볼리비아 라파스는 케이블카인 텔레페리코를 운영하고 있다고 합니다.

라파스 주민들의 주거 분포를 보면, 상류층은 저지대에, 소득 하위층은 해발 4,000m 가까운 고지대에 거주하고 있다고 합니다. 상류층이야 개인적 교통수단들을 대부분 소유하고 있어 불편하지 않겠지만, 사발 그릇 형태의 분지 능선이나 고지대에 사는 경제적 하류층은 생활에 여간 불편한 게 아니라 하네요.

볼리비아 정부는 이러한 문제점 해결을 위해 도시의 토질 등 지형적 특성과 재정적 여건 등을 고려하여 케이블카라는 독특한 교통수단을 만들어 운행하고 있답니다. 이 케이블카는 저렴하게 한국 돈 500원 정도를 받고 있는데, 라파스 시민의 유효한 교통수단 역할은 물론, 관광 자원으로도 호평받고 있다고 합니다. 우리가 실패한 좌파 정권으로 매도하고 있는 원주민 출신 모랄레스 대통령의 업적 중 서민을 위해 만든 텔레페리코라는 교통수단을 보면서 정책의 우선순위를 어디에 두어야 하는지에 대해 한 번쯤 생각하게 되었습니다.

라파스에서는 저지대에서 고지대로 케이블카를 타고 가는 재미가 쏠쏠합니다. 라파스의 황토색 도시 빛깔을 하늘에서 내려다 바라볼 수 있을 뿐만 아니라, 도시 전체의 윤곽을 파악하는데 유용한 수단인 것도 같고, 라파스 서민들의 일상 생활상을 직접 볼 수도 있었답니다. 특히 4,095m에 있는 엘 알토(El Alto) 전망대에서 바라본 라파스 전경이 가장 좋았습니다. 여기는 야경으로도 유명하다고 하는데, 밤에는 밖에 나가기가 꺼림직해서 야경은 구경하지 못했습니다.

라파스는 치안이 좋지 않아 센트로 지역의 산프란시스코 성당(Iglesia San Francisco) 주변으로만 돌아다녔습니다. 센트로 지역은 볼리비아 원주민들을 많이 볼 수가 있는데, 볼리비아는 원주민이 인구의 50% 이상으로 남미 국가 중에서 비율이 가장 높다고 합니다. 사가르나가 (Sagarnaga) 거리는 여행자들로 넘쳐나고 있었고, 무리요(Murillo) 광장 일대는 과거 스페인 시대의 건축물과 순박한 볼리비아인들의 모습을 볼 수가 있었습니다.

라파스는 관광지로서 볼거리는 별로 없다지만, 세상에서 가장 높은 곳의 수도를 보는 기회 하나만으로도 가볼 만한 가치가 충분합니다. 또한 경제적으로는 힘든 삶을 살고 있지만, 특유의 순진한 모습과 언제나 웃음을 잃지 않는 국민성은 오랫동안 기억 속에 남을 것 같습니다. 다음 여정은 비행기를 타고 볼리비아의 사법적 수도인 백색의 도시 수크레(Sucre)로 가서 나흘 정도 쉬었다 우유니 소금사막으로 가는 여정입니다.

설탕처럼 달콤한 도시, 수크레(Sucre)

몇몇 여행기에서 볼리비아 수크레라는 도시를 가장 인상적인 남미 도시 중 하나라고 평가한 것을 보았습니다. 그래서 이번 볼리비아 여행에서 나흘 동안이나 머물기로 했습니다. 결론적으로 결정을 잘한 것 같았습니다. 라파스 공항에서 수크레까지는 볼리비아 국내에서 비행기로 이동했습니다. 밤 버스로 갈까도 생각했지만, 밤 버스를 탄다는 게 체력적으로 그리 녹록한 것은 아니지 않습니까?. 그 선택 역시 좋았습니다.

수크레(Sucre)는 볼리비아의 사법 수도입니다. 수크레라는 의미는 스페인어로 설탕이라는 뜻이랍니다. 아마도 도시 분위기 자체가 설탕처럼 달콤하고 좋다는 의미가 아닐까요? 1991년 유네스코 세계문화유산으로 지정될 정도로 아름다운 도시로, 페루의 아레키파처럼 백색의 도시라는 별칭을 가지고 있습니다. 도시가 흰색으로 되어 있는 건 법으로 모든 건축물에 흰색 도색을 강제해서 그렇다네요. 도시 규모 자체도 아담하고 정겹습니다. 수크레의 해발고도가 2,800m 정도 되는데, 고산증으로 고생할 정도는 아니고 사람이 살기에 아주 적당한 고도랍니다. 과거 근교 포토시에서 생산된 막대한 은을 관리하면서 번성한 도시답게 식민지 도시의 빼어난 아름다움을 가지고 있습니다. 이곳은 볼리비아 같은 이미지가 아닌 유럽의 도시나 마을을 온 듯한 착각을 일으키게 합니다.

특히, 도시 가장 높은 지역에 있는 레콜레타 광장(Recoleta y Plaza) 전망대는 수크레의 대표적 랜드마크입니다. 그곳에서 바라보는 수크레 도시 전경이 정말 아름답습니다. 특히 일몰 때 보는 모습이 멋졌습니다. 제가 전망대를 찾았을 때는 수크레 고등학생들이 모여 BTS 노래에 맞춰 춤을 추고 있더군요. 이역만리 볼리비아에서도 한류가 널리 유행하고 있다는 것을 실감하게 되었습니다. 우리가 한국에서 왔다고 하니까 같이 사진을 찍자면서 관심이 많았답니다.

점심을 먹기 위해 수크레에서 유명하다는 New Hong Kong이라는 중국집에 갔습니다. KOICA 봉사단원으로 파견되어 수크레 초등학교에서 학생들을 가르치고 있는 전직 교장 선생님을 만나 많은 얘기를 나눴습니다. 코이카는 언젠가 지원하려던 곳이었기에 관심이 많아서 코이카 단원으로서의 볼리비아 생활과 활동 내용에 대해 자세히 물어봤습니다. 만약 코이카에 합격한다면 꼭 이곳 볼리비아에서 활동하고 싶다는 생각이 들더군요. 아마도 순박하고 정겨운 잉카 후예들이 어쩌면 우리와 조상이 같지 않을까 하는 생각에서 더욱 그런 것 같습니다. 최근 제가 사는 광주광역시와 코이카가 국제 협력사업에서 연대, 협력하기로 했다는 소식을 듣고 늦게

나마 다행이라고 생각합니다. 그런데 광주시가 얼마만큼 ODA 사업(국제원조사업)에 대한 적극적 모습을 보여줄지 걱정이 드는 건 사실입니다.

원래 수크레 여행을 계획할 때는 '체 게바라'가 붙잡혀 죽었다는 바예그란데(Vallegrande)라는 시골 마을을 갈까 했습니다만, 여기를 갔다 오려면 하루 이틀 일정으로는 어렵다고 해서 대신 타라부코(Tarabuco)라는 시골 마을에서 일요일마다 열리는 전통시장을 보러 갔습니다. 볼리비아의 시골장은 어떨까 궁금했는데 막상 가보니 우리네 60년대 시골 오일장과 거의 비슷하더군요. 순박한 시골 사람들이 저마다 생산한 농산물과 전통공예품을 시장에 가지고 와서 팔고 있었습니다. 등산화 밑창이 떨어져서 신발 수리 좌판에서 고쳤는데 가격이 200원밖에 하지 않았습니다. 정말 저렴했습니다. 뭐니 뭐니해도 시장은 먹거리 아니겠습니까? 시장 한편 건물에 있는 식당가에서 닭 다리에 맨밥을 얹어 주는 음식을 사 먹었는데, 포크와 수저를 테이블 닦는 걸레로 닦아서 질겁을 했습니다. 위생 관념 또한 우리 50년, 60년대 정도 되는 것 같았습니다.

수크레에는 구글 평점도 아주 높고 '살테냐'라는 음식으로 아주 유명한 엘 파티오(El Patio)라는 식당이 있습니다. 이곳은 항상 손님이 많아 오랜 시간 기다려야 살테냐를 먹을 수 있는 곳이지요. 살테냐 속이 엄청 뜨거워 먹을 때 조심하지 않으면 입천장이 델 수도 있지만, 살테냐 속에 들어 있는 국물의 진한 맛은 정말 맛있습니다. 살테냐(Saltena)는 볼리비아를 대표하는 음식으로 우리나라의 만두처럼 생겼습니다. "아르헨티나에 엠파나다(empanada)가 있다면, 볼리비아에는 살테냐가 있다." 할 정도로 볼리비아 사람들의 살테냐 사랑은 대단합니다. 살테냐는 다양한 종류의 육류와 향신료, 감자를 국물 있게 볶아낸 후 만두피처럼 생긴 피에 잘 싸서 오븐에 구워내는 음식이랍니다. 우리나라에서도 살테냐를 만들어 파는 가게가 있다면 매상 걱정은 하지 않아도 될 것 같습니다.

수크레도 다른 도시와 마찬가지로 아르마스 광장 주변으로 대성당과 역사적 건물들이 많이 있습니다. 특히 메트로폴리타나 대성당 (Cathedral Metropolitan)은 수크레의 메인 성당인데 110년 동안 건축한 바로크 양식과 르네상스 양식이 혼합된 건축물로 종교박물관과 미술관이 있습니다. 수크레를 방문하는 여행자들이 방문하는 필수 코스 중 하나입니다.

특이한 점은 대성당 투어 가이드를 여자 고등학생으로 보이는 어린애들이 합니다. 비록 어리숙하고 부끄럼을 많이 타는 학생들이지만, 열과 성의를 가지고 해주더군요. 또한 대성당 옥상에서는 수크레 시내 전경과 주변 건물을 볼 수가 있어 좋았답니다.

수크레에 있는 나흘 중 별다른 일정이 없는 날은 주로 아르마스 광장 벤치에서 하릴없이 보냈습니다. 광장은 볼리비아 현지 주민들이 가족들과 함께 나와 시간을 보내는 곳이었습니다. 그들도 동양인인 우리를 신기하게 쳐다보지만, 우리도 그들을 호기심으로 보는 재미가 있더군요. 그리고 아르마스 광장 상가 건물 한편에는 코닥

 익스프레스(Kodak Express)라는 사진관이 있는데, 그곳을 운영하는 사람이 한국 교포입니다. 사진관과 한국 식품점을 겸업하면서 한국 식품이나 음식 재료를 팔고 있었습니다. 값은 비쌌지만, 한국 라면과 된장을 사서 맛있는 찌개를 끓여 먹기도 했습니다.

수크레는 도시 자체가 정감이 있어 정말 좋았답니다. 며칠 더 머무르고 싶었지만, 다음 일정인 우유니(Uyuni)로 가야 해서 그냥 떠나기로 했습니다.

신비함과 아름다움을 간직하고 있는 우유니(Uyuni) 소금사막

남미대륙을 생각하면 흔히들 떠오르는 장면 몇 개가 있습니다. 마추픽추, 우유니 사막, 토레스 델 파이네, 이구아수 폭포 등등...

이 가운데 백미는 우유니 소금사막이 아닐까 하는 생각을 해 봅니다. 그런데 정작 남미 사람들은 우유니 사막을 그리 평가해 주지 않는다고 하네요. 왜 그럴까 생각해 봤는데 우유니 사막 같은 곳이 우리에게나 처음 보는 풍경이지 여기 사람들한테는 간혹 보는 풍경일 수 있어서 그렇다고 합니다. 아르헨티나에도 규모는 조금 작으나 우유니와 비슷한 소금사막이 있다고 합니다.

볼리비아는 남미의 티베트라고도 불립니다. 볼리비아는 국토 대부분이 해발 4,000m 고원으로 형성되어 있는데, 이러한 고원의 한 부분을 우유니 소금사막이 차지하고 있답니다. 우유니 사막 면적은 우리나라 경기도 보다 커서 그 광대함을 보면 입을 다물 수가 없는 곳입니다. 수억 년 전 안데스산맥이 융기할 때 바다가 산맥에 갇혀 바닷물이 증발해서 오늘날의 우유니 사막이 되었다 합니다. 우유니의 소금 농도는 보통의 바닷물보다 8배나 짜다고 합니다.

어제 오후 6시 수크레 버스터미널에서 포토시를 경유하는 옥토브레(De Octubre) 밤 버스를 타고 7시간 정도를 달려, 다음 날 아침 우유니(Uyuni)에 도착했습니다. 애초에는 우유니에서 3일 정도 있으면서 매일 데이 투어(Day tour)나 할까 했습니다. 그러나 다음 일정이 칠레 아타카마로 넘어가야 하기에, 그럴 바에야 2박 3일 우유니 사막 횡단 투어를 통해 칠레로 바로 가는 것도 괜찮을 것 같아 몸은 좀 고달프더라도 3일 짜리 우유니 사막 횡단 투어로 일정을 급변경했습니다.

마을에 있는 여행사 이곳저곳에 들러 우유니 사막 횡단 투어 상품을 비교해 보고, 차량이나 가격(인당 110달러) 면에서 괜찮은 상품으로 예약했습니다. 투어는 운전사와 가이드를 포함해서 총 7명이 지프 한 대에 타고 간다고 합니다. 가이드가 스페인어와 영어를 하니 영어는 어느 정도 알아들어야 여행이 쉬울 것이라는 말도 합니다. 우유니를 횡단하고 난 후 볼리비아 출국장까지만

안내해 주고 그 이후 칠레에서는 여행자들 각자가 해결한다는 조건이었습니다.

여행사 예약을 마친 후 우유니 동네를 구경했습니다. 정말 우유니 마을 자체는 별로 볼 것 없는 삭막한 동네라는 생각이 듭니다. 그야말로 사막 투어와 관련된 여행사, 식당, 숙소가 전부이고 볼거리가 특별히 있는 것 같지는 않았습니다.

다음 날 아침 2박 3일 일정으로 우유니 사막 횡단 투어를 떠났습니다. 여행사 앞에 오니 우리 일행 3명을 포함해서 영국에서 온 변호사 부부 2명 등 5명이 함께 가게 되어 있습니다. 각자의 배낭과 3일 동안 먹을 음식과 침구류를 지프 위에 싣고서 출발했습니다. 마음이 설레기도 했으나 걱정이 많이 되더군요. 소금사막을 횡단하는 3일 동안은 인터넷도 안되고 전기도 없는 열악한 환경 속에서 지내야 하는 게 조금은 불안했습니다.

첫날 일정은 보통 데이 트립 (daytrip)을 하는 여행자들이 많이 찾는다는 코스였습니다. 제일 먼저 찾은 기차 무덤 (Cementerio de Trenes)은 폐기 처분된 기차들을 가져다 놓은 곳입니다. 특별히 볼 만한 것은 없지만, 사진을 찍으면 멋지게 나오는 곳이죠. 기차선로 위에서 영화 박하사탕에서의 설경구가 "나 돌아갈래!"라고 외치는 모습을 흉내 내면서 사진도 찍었답니다.

다음 여정은 콜차니(Colchani) 마을이었습니다. 이 마을은 우유니 사막에서 소금이 어떻게 생산되고 가공되는지를 보여주는 체험장이 있습니다. 물론 우유니에서 채취되는 소금도 판매합니다. 별

다른 감동은 없는 곳이어서 그런지 다른 사람들의 관심도 시들하더군요. 판매하는 사람 설명에 의하면 매년 우유니 소금이 3~4cm씩 우기에 자란다고 하는데 무슨 뜻인지 선뜻 이해하기가 어려웠습니다.

점심은 소금 벽돌로 지어진 소금 호텔(Playa Blanca) 식당에서 투어 운전사와 가이드가 즉석에서 준비한 음식으로 먹었습니다. 닭다리와 볶음밥, 과일 등 나름 성의있게 준비를 해와서 소금 덩어리로 만든 테이블과 의자에 앉아서 맛있게 먹었네요. 점심을 먹고 광활한 소금사막 한가운데서 우유니 여행의 즐거움 중 하나인 원근을 활용한 사진과 동영상을 찍었습니다. 정말 원근법을 이용해서 찍은 소금사막에서의 사진은 신기하기 그지없습니다. 사람을 손바닥에 놓고 먹고 있는 듯한 모습이라든가 거인과 난쟁이의 격투 장면 같은 모습이 재미있었습니다.

이어 소금사막을 한참 달려가 선인장이 이채로운 인카와시(Isla Incahuasi) 섬에 왔습니다. 이곳은 수백 년 된 선인장이 군락을

이루고 있었는데, 옛날 우유니 사막을 횡단하는 상인들의 휴식처로 이용되었다고 합니다. 소금 한가운데 불쑥 솟아 있는 모습이 물고기 같다고 해서 물고기 섬이라고도 부르고 있답니다. 여기에서 발견되는 산호 화석으로 보아 우유니가 옛날에 바다 밑이었다는 사실을 알 수 있었습니다.

첫째 날 숙소는 소금 벽돌로 지어진 산후안 호텔(San Juan)이었는데, 말이 호텔이지 허름한 호스텔이라고 보면 됩니다. 소금 침대에서 침낭을 깔고 자는데 습기가 찬 듯한 눅눅함으로 몸이 찝찝해 쉽게 잠을 이룰 수가 없더군요.

둘째 날은 활화산 아래 호수들을 다녔습니다. 그중에서 플라멩코(홍학)가 노닐고 있는 라구나 콜로라다(Laguna Colorada) 호수가 가장 인상적이었답니다. 호수 주변에는 6,000m급의 활화산들이 웅장하면서도 무섭게 서 있습니다. 이 호수는 붉은색, 노란색, 연

두색, 하얀색 등 여러 색깔로 보이는데, 이는 호수 내의 여러 광물이 녹아 있어서 그렇다고 합니다. 그리고 사막 호수에서 자주 볼 수 있는 플라맹코 역시 분홍색깔을 띠는데 섭취하는 광물들이 그런 색소를 가지고 있어서 그렇다네요. 플라맹코가 많이 모일 때는 최대 3만 마리까지 모인다고 합니다.

가는 내내 보이는 산들이 멋있습니다. 활화산과 휴화산이 즐비하게 있고, 그 아래 오색 창연한 색깔로 아름답게 물들어져 있는 호수들은 정말 경탄을 발하게 합니다. 도중에 지프차가 펑크가 나서 고치느라 한참이 걸렸습니다. 사막 한가운데서 자동차 펑크라니... 별 경험을 다 해 봅니다. 소금 사막길이 평탄치 않고 요철이 심해 자주 펑크가 난다고 합니다.

둘째 날 숙박으로는 우유니 사막 깊숙한 소금 벽돌집에서 하룻밤을 보냈습니다. 이곳은 해발 4,400m 위에 야외온천(Termas de Polques)이 있는 작은 마을에 있답니다. 전기도 없고 인터넷도 되지 않는 곳이죠. 숙소 주변은 깜깜하고 추워서 밖에 나올 엄두가 나질 않았습니다. 보통 우유니 사막에서는 무수한 별자리를 선명하게 볼 수 있다는데, 우리가 여행한

시기가 하필 풀문(Fullmoon) 기간이어서 안타깝게도 별을 볼 수가
없었답니다.

깜깜하고 추운 밤이었지만,
온천물에 몸을 담그고 싶은
마음에 칠흑 같은 어둠을 뚫
고 랜턴 하나만 가지고 숙소
에서 300m 떨어진 노천온
천에 갔습니다. 사막의 밤
기온이 거의 영하권입니다.
온천물에 몸을 담그고 머리
만 밖으로 내놨는데, 얼굴이 얼어 버릴 것 같았습니다. 그러나 뜨
거운 온천물에 몸을 담그니 그간의 피로가 풀렸고, 무엇보다도 소
금사막에서 온천을 하고 있다는 사실에 마음이 뿌듯하더군요.

마지막 셋째 날은 새벽 4시에 일어났습니다. 아침으로 맛없는
팬케이크와 커피를 마시고 간헐천인 게이시르(Geysir)로 갔습니다.

안개가 낀 것처럼 자욱한 수증기로 앞
을 분간할 수가 없습니다. 미국 옐로
스톤 국립공원 간헐천보다는 규모가
조금 작네요.

다음 코스로 '돌 나무(Arbol de
Piedra)'라는 화산석이 있는 시로리
사막(Desierto de Siloli)으로 왔습니
다. 마치 스페인의 초현실주의 작가
살바도르 달리의 작품과도 비슷해서
관광객에게 명소로 알려진 곳이죠. 이

바위는 화산이 폭발할 때 화산석이 날아와 박혀 있다가 오랫동안 풍화작용을 거쳐 이렇게 멋지게 만들어진 것이라고 합니다.

라구나 블랑카(Laguna Blanca)와 초록 호수(Laguna Verde)는 광활한 주변 모습과 호수의 변화무쌍한 색깔이 한데 어우러져 환

상의 모습을 보여줬습니다. 호수와 저 멀리 보이는 화산 모습과의 조합은 정말 비현실적인 풍경이라고밖에는 할 말이 없네요. 몇 군데 호수를 더 돌아보고 볼리비아 출국장에 도착했습니다. 3일 동안 우리를 위해 수고해 준 가이드에게 고맙다는 인사와 함께 약간의 팁을 주었습니다. 가이드는 다시 우유니로 돌아가고 우리는 도보로 국경을 넘어 장시간의 입국 절차를 밟고 칠레로 입국했습니다. 힘은 들었지만, 평생 보지 못할 풍경을 본 것 같아 가슴이 벅찼답니다. 정말 우유니는 진실이고 사랑입니다.

세계에서 가장 메마른 사막, 아타카마(Atacama)

볼리비아 우유니를 출발하여, 2박 3일 동안 알티플라노고원(Altiplano Plat)을 달려 해발 2,400m에 있는 칠레 아타카마 사막의 관문 마을인 아타카마(San Pedro de Atacama)에 도착했습니다. 오아시스 마을인 이곳은 건조하고 더운 사막기후에 알맞게 아도베 양식으로 지어진 흙집이 많이 있습니다. 골목골목에 있는 식당과 숙소에는 배낭여행자들이 아타카마 사막을 여행하기 위해 북적거리더군요. 이곳에서 2박을 하고 항공편으로 산티아고에 갈 계획입니다.

숙소는 호스텔 월드라는 사이트를 통해, 마을 끝 쪽에 있는 조립식 단독 주택을 얻었습니다. 부엌이 우리 숙소와 좀 떨어진 호스텔 입구에 있어 다소 불편한 것 외에는 넓은 마당과 시원한 나무 그늘이 있어 좋았습니다. 모처럼 밀린 빨래도 하고 시원한 나무 그늘에서 그동안의 여독을 풀었습니다. 마을 중심가로 나가 칠레 핸드폰 유심을 사고, '달의 계곡(Valle de la Luna)' 투어를 바로 예약했습니다. 달의 계곡까지는 마을에서 가까워 차로 10분 정도 걸렸습니다. 이곳은 연중 비 한 방울 오지 않아 세계에서 가장 건조한 지역으로 알려져 있는데, 토양이 달 표면과 흡사하다고 해서 유명한 곳이기도 하지요. 정말 황량한 모습이 사진에서 보던 달 표면과 비슷합니다. 실제 미국 항공우주국(NASA)의 달 착륙 훈련장으로 활용된 바가 있다는데 정말 그 말이 이해되는 곳이었습니다.

아타카마 사막 투어는 대략 4시간 정도 진행되었습니다. 달의 계곡을 포함하여, 피에드라 코요테 전망대(Mirador de Kari-Piedra del Koyote), 죽음의 계곡(Valle de la Muerte), 3개의 마리아상(Las tres Marias)을 보고 마지막으로 사막 언덕에서 일몰을 본 후 마을로 돌아오는 코스입니다. 사실 우유니 사막 횡단 투어에서 유사한 풍경을 봐서인지 달의 계곡 풍경이 그리 재미있진 않았지만, 인공이 전혀 가미되지 않은 풍경과 고요함은 정말 좋았습니다. 아타카마

사막도 볼거리가 많다고 합니다만 우유니 사막을 횡단해서 그런지 아타카마에서의 투어가 그리 흥미를 끌지는 않았답니다. 대부분의 시간 동안 마을을 구경하거나, 칠레산 와인을 마시면서 2박 3일을 숙소에서 보냈습니다.

다음 일정인 칠레의 수도 산티아고로 가기 위해 아타카마 사막 도시 칼라마(Calama) 공항으로 버스를 타고 이동했는데, 아뿔싸! 잠결에 그만 작은 배낭을 놓고 내렸답니다. 잃어버린 사실을 공항에서 탑승을 기다리다 알게 되어 부랴부랴 택시를 타고 가버린 버스를 따라가서 겨우 물건을 찾아왔습니다. 그 안에 아이패드도 있었고 비상금도 들어 있었는데, 정말 천만다행이었습니다.

산티아고(Santiago)에 비가 내립니다.

어제 산티아고 베니테스 공항에 도착한 후 무사히 한인 민박에 안착했습니다. 여기 민박집은 산티아고의 한인타운이라고 볼 수 있는 도시 외곽지역에 있는데, 한국인 젊은 친구들이 주택을 단기 임대해서 민박집을 운영

하는 곳입니다. 해외여행을 할 때마다 느끼는 것은 한인 민박집 대부분이 위치나 시설이 안 좋은 경우가 많아 매번 가지 않겠다고 다짐하지만, 한식에 대한 유혹 때문에 어쩔 수 없이 선택하는 경우가 많습니다.

우리가 묵은 이곳도 시설과 위치가 그리 좋진 않았습니다. 다만 좋은 점 하나는 바로 옆에 우리나라에서 파는 짜장면과 똑같은 맛을 내는 중국집이 있다는 것입니다. 이곳 음식들은 하나같이 맛있었습니다. 멀지 않는 곳에 로컬시장인 베가 중앙시장도 있어 칠레 사람들의 살아가는 일상을 볼 수 있다는 것도 좋다면 좋은 점이었습니다. 그리고 숙소 뒤편으로는 산티아고 시내 전경이 잘 보인다는 산타루시아 언덕(Cerro Santa Lucia)이 있었는데, 산티아고에 있는 동안 오늘내일하다가 가지는 못했습니다.

도착 다음 날은 민박집 주인을 통해 유학 중인 한국 여자 대학생을 소개받아 도보로 시내를 관광했습니다. 칠레는 2004년 우리나라가 처음으로 FTA를 맺은 국가로 남미에서는 브라질과 함께 비교적 경제적으로 부유한 국가로 알려져 있습니다. 수도인 산티아고는 유럽 문화가 곳곳에 스며들어 있는 곳이나, 관광지로서는 그리 유명한 곳은 아니라고 합니다. 그렇지만 나름 식민지 시절에 건설된 역사적 건물이나 거기에 얽힌 이야기가 조금은 있는 곳이죠.

베가 중앙시장, 모네다 궁전과 뉴욕 거리, 그리고 우리의 국립아시아문화전당과 유사한 복합 문화 공간인 Gam 등이 대표적 볼거리입니다. 우리가 둘러본 곳들 대부분 시설이 시민 친화적이고 누구에게나 개방되고 있는 점이 부러웠습니다.

모네다 궁전(Placio de la Moneda)은 현재 대통령궁으로 사용되고 있는데, 역사적으로는 비운의 이야기가 있는 곳이랍니다. 1974년 군부 지도자 피노체트가 쿠데타를 일으켜 당시 대통령 살바도르 아옌데(Salvador Allende)가 있는 모네다궁전을 폭격해서 결국 아옌데 대통령이 자살로 생을 마감케 된 곳이죠.

한때 독재자 피노체트의 지하 벙커로 사용되던 모네다 궁전 지하는 지금은 모네다 문화센터로 일반 시민에게 개방되어 마음껏 이용할 수 있게 했답니다. 우리나라 대통령도 과연 그렇게 할 수 있을까 하는 생각이 들었습니다. 복합문화공간인 Gam 역시 담장과 경계를 없애고 거의 모든 전시와 공연을 시민에 무료 개방하여 문화에 대한 시민 개방성을 보여 주는 모습이 인상적이었습니다. 배울 게 많았고 부럽기도 했습니다.

산티아고 중심가에 있는 아르마스 광장 중앙에는 스페인으로부터 칠레를 독립시킨 페드로 데 발비디아(Pedro de Valvidia) 장군 동상이 있습니다. 광장 한쪽에는 정복자 발비디아를 죽인 원주민 마푸체족의 독립운동 지도자 아론소 라우타로(Aronso Lautaro) 석상도 있어 현지 주민은 물론, 관광객이 많이 찾는 곳이랍니다. 혹자는 식민지 지배자와 피지배자가 한 공간에 함께하는 어색하고 묘한 동거라고 이곳을 묘사하더군요.

아무튼 산티아고는 시민들의 질서 의식이나 도시 분위기가 유럽의 어느 도시 같다는 느낌이었습니다. 우리가 알고 있는 것과는 다르게 경제 수준도 높고, 문화적 소양도 뛰어나 칠레 국민들의 자부심도 상당하다고 합니다.

산티아고에서 3일째 되던 날은 인근 발파라이소를 다녀왔습니다. 발파라이소는 2003년 유네스코 세계문화유산에 등재된 문화 예술 도시로 유명한 곳입니다. 우리나라와 비교하자면 인천 같은 도시라 보면 됩니다. 발파라이소의 도시광장에는 해군 총사령부가 있습니다. 그런데 군대 건물이 주는 딱딱하고 위엄있는 느낌보다는 박물관이나 미술관처럼 아름
답다는 점이 인상적이었습니
다. 주변 일대가 공원으로 조
성되어 있어 많은 시민과 관
광객들이 이곳을 찾아 발파라
이소 항구를 시원하게 바라보
고 있었습니다.

　이 도시에서는 꼭 타야 할 명물이 하나 있습니다. 쁘랏거리
(Muelle Prat)에 있는 발파라이소 대표적 명물인 아센시오 콘셉시
온 경사형 엘리베이터입니다. 아센시오 엘리베이터는 도시의 고지
대를 오가는 오래된 교통수단입니다. 나무로 되어 있어 삐꺽거리고
불안하기는 했지만, 타는 재미가 쏠쏠하고 언덕에서 바라보는 항구
의 전경 또한 무척 아름다웠습니다. 또한 콘셉시온 언덕(Cerro
Concepcion)에 올라가면 색색이 물들여져 있는 집들이 곳곳에
있습니다. 수준 높은 그라피티 작품과 골목골목 파스텔 색조의 카
페와 식당도 많아서 들여다보는 재미도 상당합니다. 한때 달동네였
던 곳이 이렇게 아름다운 벽화마을로 바뀌었다는 게 믿기지 않았
습니다.

　이곳은 발파라이소에서 말년을 보냈던 칠레의 노벨 문학상 수상
자인 파블로 네루다의 저택(Casa Museo La Sebastiana)도 있답
니다. 이곳에서 바라보는 항구 모습과 칠레 태평양의 빛나는 바다
가 한동안 머리에서 지워지지 않더군요. 그야말로 풍광이 그림 같
다는 표현이 적당할 것 같습니다.

　볼리비아와의 '초석 전쟁'에서의 영웅 카를로스 콘델(Carlos
Condell) 동상이 있는 소토 마요르(Plaza de Soto mayor) 광장

레스토랑에서 점심을 먹은 후 산티아고로 돌아왔습니다.

터미널에서 내일 푸콘으로 갈 버스표를 알아보는데, 내일부터 남미 최대의 명절이라는 '망자의 날'이 시작되어 푸콘행 버스 좌석 예약이 끝났다고 합니다. 고민하다가 푸콘에서 가까운 도시인 테무코(Temuco)로 일단 가서 거기서 버스를 갈아타고 푸콘으로 들어가기로 했습니다.

푸콘(Pucon)에서 멍때리기

　어제 오전 산티아고를 떠나 어렵게 마푸체(Mapuche) 인디언의 고향 푸콘(Pucon)에 도착했습니다. 하필 핼러윈날과 남미 최대 명절이라는 '망자(亡者)의 날' 연휴가 겹친 탓에 푸콘으로 가는 버스표가 매진되어 어쩔 수 없이 테무코에서 1박을 하고, 지친 몸을 이끌고 간신히 푸콘에 왔습니다.

　푸콘은 인구가 2만 명의 작은 도시로, 비야리카라는 활화산이 지척에 있습니다. 도심 어디에서나 비야리카의 웅장한 모습이 보일 뿐만 아니라, 삼나무와 남아메리카 소나무로 지은 스위스풍의 주택

과 상가가 이국적 풍경을 자아냅니다. 도시 자체 규모는 작지만, 비야리카 호수에 인접한 호반의 도시여서 그런지 아름답고 평화롭습니다. 주민들 대부분은 원주민과 백인들의 혼혈인 메스티소(Mestizo)라고 합니다.

도착 첫날, 거센 비바람이 몰아친다는 일기예보가 있었지만 도착하자마자 비바람이 이렇게 몰아칠 줄은 몰랐습니다. 일기예보에 따르면, 푸콘에 있는 기간 내내 비가 온다고 합니다. 우리가 머무른 호스텔 에말프켄(Emalfquen) 주인장 아주머니가 성격이 좋고 친절해서 숙소는 잘 얻은 것 같습니다. 비가 어느 정도 소강상태를 보이자 숙소에만 있기가 아쉬워 근처 공동묘지를 다녀왔습니다.

푸콘의 공동묘지는 공원처럼 잘 꾸며져 있어 이곳에서 내려다보이는 시내 풍경이 아주 멋있었습니다. 묘지를 구경하고 있는데 폭우가 갑자기 세차게 내려 그만 생쥐 꼴이 되어 숙소까지 뛰어서 왔습니다. 비도 오고 날씨도 추워 마트에서 양질의 등심과 닭 한 마리를 사 와서 포도주와 함께 저녁으로 먹었습니다. 같이 있던 문석 형이 술이 부족한지 마트에서 칠레 위스키를 더 사 와서 모처럼 폭음했습니다.

푸콘에서의 둘째 날도 여전히 비가 옵니다. 푸콘은 활화산인 비야리카 등반, 하이드로스피드 즐기기, 설산 스키 등 남미에서도 유명한 액티비티 체험 도시로 알려져 있습니다.

비 오는 날 무엇을 할까 고민하다 온천이나 하는 게 좋을 듯해서 시내 여행사에서 남미 여행의 버킷리스트 중 하나라는 온천 투어를 신청했습니다. 그런데 온천 투어 가격이 1인당 6만 원이라니 좀 놀랐습니다. 우리가 신청한 온천 투어는 헤오메트리카 온천(Termas Geometricas)을 가는 것이었습니다.

이곳은 화산이 폭발하면서 형성된 용암지대에 만들어진 온천으로 계곡을 따라 17개 정도의 온천탕이 있습니다. 온천탕마다 온도가 달라 기호에 따라 탕을 바꿔서 사용할 수 있는 곳이죠. 사람이 엄청 많아 번잡하기는 했지만, 야외온천이어서 그런지 시원한 바람을 맞으며 온천 하는 기분은 정말 좋았습니다.

온천을 다녀와서는 푸콘 시내를 다니면서 푸콘이 자랑하는 목각 공예품 구경도 하고 비야리카 호숫가를 거닐면서 차분한 시간을 보냈습니다. 하루 더 이곳에서 쉬다가 칠레를 떠나 아르헨티나의 작은 스위스 마을이라는 바릴로체에 갔다가 다시 칠레로 돌아올 계획입니다.

머나먼 곳! 남미의 스위스, 아르헨티나 바릴로체

　푸콘(Pucon)에서의 5일 동안은 강풍과 폭우 때문에 온천을 갔다 온 것 외에는 거의 숙소와 비야리카 호수 산책을 하면서 보냈습니다. 이곳에 오기 전까지는 푸콘에 기대를 많이 했는데, 5일 내내 비바람으로 꼼짝할 수 없게 될지는 생각하지 못했습니다. 원래 푸콘의 11월 날씨는 아주 좋아 야외에서 각종 체험활동을 하기가 좋다는데, 날씨로 인해 아무것도 하질 못한 것이 정말 아쉬웠답니다. 여행하다 보면 계획한 대로 모든 것이 되는 것은 아니겠죠. 푸콘 시내 가까이에 있는 활화산 비야리카의 온전한 모습도 푸콘을 떠나는 날 아침에 바릴로체로 가는 버스를 타러 가면서 잠깐 보게 되었답니다.

칠레 푸콘에서 아르헨티나 바릴로체로 가는 길은 멀고도 멀었습니다만, 가는 도중 경치는 절경의 연속입니다. 3시간 30분 정도를 달려 칠레 중남부 오소르노(Osorno)라는 도시에서 점심을 먹고 3시간을 기다리다가, 다시 버스를 타고 아르헨티나 국경검문소까지 갔습니다.

아르헨티나 국경에서의 입국 절차 역시 무척 까다로웠습니다. 농수산물, 심지어 먹다 가지고 가는 과일조차도 반입이 되지 않습니다. 마약 검사의 경우에도 승객이 가지고 있는 짐 하나하나를 철저하게 검사하더군요. 하필 그때가 베네수엘라 난민 유입 문제로 국제적으로 시끄러운 시기여서 그런지 남미의 모든 국가가 국경에서의 출입국 심사를 까다롭게 한다고 합니다. 출입국 절차에 걸리는 시간이 평소의 2~3배 정도 더 소요되었습니다. 제 얼굴이 남미 사람처럼 생겼는지 아르헨티나 국경을 넘을 때 2번이나 검문받았습니다.

또다시 먼 길을 달려 밤 10시가 지나서야 아르헨티나의 스위스라고 알려진 산카를로스 데 바릴로체(San Carlos de Bariloche)에 도착했습니다. 에어비앤비를 통해 예약한 숙소였는데 깨끗하고 주변 치안도 좋아 다행이었습니다. 바로 앞엔 까르푸도 있어 간단한 요기 거리도 사와 늦은 저녁을 해 먹고 쉬었습니다.

바릴로체 2일 차에는 가까운 정류장에서 '수베(Sube)'라는 교통카드를 구입하고 본격적인 바릴로체 관광을 시작했습니다. 아르헨티나에서의 도시여행은 수베라는 교통카드가 없으면 대중교통을 이용하기가 어렵습니다. 까르푸 근처 맞은편 버스정류장에서 20번

버스를 50분 정도 타고 남미의 스위스라는 바릴로체의 멋진 풍광을 한눈에 볼 수 있다는 캄파나니오 전망대(Cerro Campananio)로 갔습니다. 리프트를 타고 올라간 전망대에서 바라보는 하늘은 눈이 시리게 푸르렀고, 하늘을 담은 바로 앞 나우엘 우아피 호수(Nahuel Huapi Lake) 역시 안데스 설산과 어우러져 있는 모습이 아름다웠습니다. 날씨가 화창해서 그런지 멀리 점점이 떠 있는 호수 속 섬들 풍경이 마치 바다 위를 떠다니는 섬들처럼 보이더군요.

캄파나니오 전망대를 내려와서 나우엘 우아피 호수를 따라 버스를 타고 더 들어가면, 왼쪽 언덕에 아름다운 호텔 하나가 나옵니다. 호텔 주변이 아름답기로 소문난 샤오 샤오 호텔(Llao Llao hotel)입니다. 스위스 고급호텔 같은 느낌이 나는 곳이었습니다. 호텔 입구 쪽 골프장 주변은 온갖 꽃들이 만발하여 너무도 화사하고 멋있습니다.

특히, 나우엘 우아피 호숫가를 따라 도는 산책로는 지금까지 걸어 본 호숫가 산책로 중 최고였습니다. 하늘과 푸른 호수와 울창한 숲 사이를 걸어가는 기분을 표현하기가 어려웠습니다. 어떻게 이렇게 아름다운 길이 있을 수 있을까? 감탄을 연발하면서 걸었습니다. 정말 남미의 스위스가 맞습니다. 원래 자연 풍광은 뉴질랜드나 스위스, 캐나다를 뽑습니다만, 여기에 아르헨티나 바릴로체를 추가하려 합니다.

바릴로체 3일째는 시가지 중심 지역에 있는 센트로 시비코

(Centro Civico) 광장에서 시작했습니다. 숙소에서 나우엘 우아피 호숫가를 따라 센트로 시비코까지 이어지는 길은 스위스 어느 호숫가를 걷는 듯한 착각을 하게 합니다. 은빛 물고기의 비늘처럼 빛나는 물결 너머로 멀리 설산의

아름다운 풍경은 감탄을 절로 나오게 만듭니다. 센트로 시비코 광장에는 아르헨티나 건국의 아버지라 불리는 산마르틴(San Martin) 장군 동상이 중앙에 있고, 주변에 여행자 안내센터와 통나무로 지어진 도서관, 그리고 바릴로체 파타고니아 박물관 등이 있습니다.

바릴로체 파타고니아 박물관에 들어가 보니 스페인 식민 지배 시절 아르헨티나와 칠레 원주민을 어떻게 학살하였고 착취하였는지를 한눈에 알 수 있었답니다. 광장과 이어진 바릴로체 중심가인 미트로(Mitro) 주변에는 기념품 가게와 초콜릿 가게들이 즐비합니다. 20세기 초경 이탈리아와 스위스 초콜릿 장인들이 이곳으로 이민을 와서 초콜릿 제조업에 종사하여 지금도 세계적으로 유명한 초콜릿을 만들고 있다고 합니다. 사서 먹어봤는데 정말 달콤하고 뒤끝도 깨끗한 맛이 일품이더군요.

점심은 여행상품 비교사이트인 트립어드바이저(Tripadviser)를 통해 평점이 좋고 아르헨티나 대통령궁 주방장 출신이 운영한다는 엘 보리체 데 알베르토(El Boliche de Alberto)라는 레스토랑을 찾아가 스테이크를 먹었습니다. 마트에서 사 먹는 소고기도 최상의 품질을 자랑하는 아르헨티나인데, 유명한 셰프가 만들어 주는 스테이크 맛은 과연 어땠을까요?

바릴로체에서 칠레 푸에르토 몬트(Puerto Montt)로 오다

어제 아르헨티나 바릴로체에서 버스를 타고 칠레 푸에르토 몬트에 도착했습니다. 아침 7시 출발 버스였는데, 행여 버스를 놓칠까 불안해서 6시쯤 터미널에 도착해서 기다렸습니다. 이곳 터미널에서는 버스 출발시간 직전에 버스 기사들을 대상으로 음주 측정하는 모습이 무척 이색적이더군요. 우리나라도 버스나 화물차 기사들이 출발하기 전에 이렇게 음주 측정을 해야 할 것 같습니다.

바릴로체에서 칠레 푸에르토 몬트까지 가는 길이 엄청 아름답다고 소문이 나서 되도록 버스 안에서 잠을 자지 않아야겠다고 다짐했습니다만 버스에 오르자마자 그만 꿈나라로 가고 말았습니다. 얼마나 잤을까요? 눈을 떠보니 주변 모습이 마치 알프스 어느 산속에 온 듯한 분위기더군요. 지나가는 길옆으로 아름다운 호수와 울창하고 멋있는 숲이 계속됩니다.

두 시간 정도를 더 달려 다다른 아르헨티나 국경검문소 출국 심사는 거의 10분 정도로 간단히 끝났는데, 칠레 입국 심사는 1시간

이상이나 걸렸습니다. 칠레 입국 심사 과정을 보면, 일단 승객 모두에게 짐을 가지고 내리게 합니다. 그리고 마약 수색견이 2~3차례 마약 검사를 합니다. 물론 음식물 자체는 일절 반입이 금지됩니다. 원래 동양인들은 검문을 잘 하지 않는다는데, 저는 2번이나 검문을 당했고 우리 일행 중 한 명은 배낭 전부를 쏟아내 하나하나 검사받았습니다. 기분이 좋지는 않았습니다. 이런저런 우여곡절을 겪고서 장장 7시간 만에 칠레의 항구도시 푸에르토 몬트에 도착했답니다.

칠레 남부를 방문하는 보통의 여행자들 대부분은 숙소를 푸에르토 몬트에 정하는데, 누군가의 여행기에 의하면, 바로 옆 도시인 푸에르토 바라스(Puerto Baras)가 좋다고 해서 그쪽으로 숙소를 잡았습니다.

푸에르토 바라스는 독일 이민자들이 만든 도시여서 그런지 주택과 건물이 독일풍 목조건물로 이루어진 아름다운 호반 도시입니다. 도시를 다소곳이 품고 있는 양키우에(Llanquihue) 호수 주변에는 항상 장미꽃 등 각종 꽃이 피어 있어 '꽃의 도시'라고도 불린다고

합니다. 우버를 타고 예약해 둔 에어비앤비에 도착하니 석양이 지고 있었습니다. 남미에서 보는 노을은 북반구에서 보는 노을보다 붉은빛이 훨씬 더 강렬한 것 같습니다.

다음 날 아침을 먹은 후 시내버스를 타고 1시간 거리에 있는 로잘레스 국립공원(Parque Nacional Vicente Perez Rosales)에

있는 페트로우에 폭포(Saltos del Petrohue) 구경을 갔습니다. 멀리 우뚝 솟아 있는 오소르노 화산과 그 아래 호수가 너무 아름다웠습니다. 오소르노 화산 옆에는 2015년 4월 대규모 폭발을 일으킨 어마어마하게 무섭게 생긴 칼부코(Calbuco) 화산이 자리 잡고 있는데, 이런 압도적인 모습을 가지고 있는 활화산을 표현할 단어가 없다는 게 애석합니다.

　페트로우에 폭포는 오소르노 설산에서 눈이 녹아내려 용암대지를 따라 흐르면서 만들어진 폭포입니다. 매표소에서 출발해서 주요 폭포를 구경하는 데는 꼬박 한 시간 정도가 걸립니다. 낙차가 높은 편은 아니지만, 유속이 빠르고 유량이 많아 옆에 있으면 무서울 정도입니다. 이곳 폭포와 뒤편 오소르노 화산을 배경으로 사진을 찍으면 거의 사진작가 수준으로 정말 멋지게 나옵니다. 흐르는 물 색깔이 맑디맑은 청록색이어서 마음속까지 시원합니다.

숙소로 돌아오는 길에 푸에르토 바라스에서 40분 거리에 있는 푸에르토 몬트 시내 구경을 했습니다. 푸에르토 몬트는 독일 이민자들이 건설한 도시로 남아메리카 종단 열차와 고속도로의 종착지이며, 남쪽 파타고니아로 가는 관문 도시 역할을 하는 곳이죠. 그리고 무역과 어업 전진 기지 역할도 하는데, 이곳의 앙헬모 (Angelmo) 수산물 시장은 칠레 내에서 가장 유명한 수산시장 중 하나라고 합니다.

앙헬모 시장의 초입은 우리네 시장처럼 건어물 가게 주인들이 길가에 나와서 호객행위로 손님을 부르고 있었습니다. 시장은 이곳의 특산물인 연어가 많이 팔리는 것 같았고, 2층 식당에서는 연어 요리를 비롯하여 칠레  고유 음식인 쿠란토(Curanto)를 파는 식당이 많았습니다. 식당 안쪽 부둣가에서는 TV 화면에 자주 나왔던 바다사자 몇 마리가 식당에서 버리는 연어 부산물을 받아먹는 모습이 이채로웠습니다. 역시 우리나라 시장만큼 역동적인 곳은 없는 것 같습니다. 시장은 시끄럽고 여기저기 흥정하는 모습도 보이고 그래야 하는데, 너무 조용할 뿐만 아니라 파는 물건 종류나 규모도 그리 크진 않더군요.

수상 가옥과 목조 교회가 아름다운 섬, 칠로에(Chiloe)

아침 일찍 1박 2일 일정으로 칠로에섬에 가기 위해 렌터카를 빌렸습니다. 이곳은 수동 기어 차량만 있어 일행 한 분이 수동 기어를 운전할 수 있다고 해서 차를 빌렸는데, 막상 차량을 인수하자 못 하겠다는 바람에 어쩔 수 없이 제가 운전했습니다. 갑자기 짜증이 나는 걸 참느라 힘들었습니다. 수동운전은 20여 년 만에 해보는 것이어서 걱정이 되더군요.

사실 여행을 가는 데 일행이 누구냐가 무척 중요하답니다. 좋아하는 기호나 성격이 확연히 다른 사람들이 한방에서 자고 먹고 한다는 게 쉽지는 않습니다. 혼자서 모든 여행 일정도 짜고 가이드 역할도 해야 하는 것도 부담스러운 데, 운전까지 하게 하는 것이 야속하기까지 하더군요.

고속도로를 1시간쯤 달려 칠로에섬으로 가는 페리를 탔습니다. 칠로에섬은 우리 제주도 크기의 4.5배 정도 되는 곳으로, 아름다운 국립공원과 독특한 양식의 목조 교회로 유명한 곳이랍니다. 현재는 페리를 통해서만 섬으로 들어오고 있는데, 우리나라 현대건설이 다리를 건설 중이어서 조만간 자동차를 타고 직접 들어 올 수 있을 거라 합니다.

제일 먼저 이 섬에서 가장 큰 마을인 앙쿠드(Ancud)를 찾아갔습니다. 포구에 정박한 배들 사이로 삶의 치열한 현장에서 열심히 일하고 있는 칠레 어부들의 모습을 볼 수 있는 정말 평화롭고 조용한 어촌 마을이었습니다. 나중에 칠레산 수산물을 먹게 되면 칠레 어부들의 노고가 생각날 것 같습니다.

앙쿠드 마을에는 나무로 지어진 멋진 교회가 있는데, 내부를 둘러보니 좀처럼 보기 드문 독특한 양식으로 지어져 있었습니다. 칠로에섬 전체로 보면 앙코르 목조 교회를 포함해서 총 16개의 개성 있는 교회들이 있답니다. 교회의 내, 외부 모양이나 스타일이 각기 다르다는데, 이러한 다양성을 높이 평가한 UN 유네스코 위원회는 칠로에 교회들을 세계문화유산으로 지정하였다 하네요.

앙쿠르에서 섬 내륙으로 더 들어가면 칠로에의 가장 큰 마을 카스트로(Castro)가 나옵니다. 이곳은 마트나 숙소 등 편의 시설이 잘되어 있으며, 1567년부터 형성된 수상 가옥 팔라피토(Palafitos)가 유명한 곳입니다. 또한 산프란시스코 데 카스트로 성당(Iglesia San Francisco de Castro)이 유명해 많은 관광객이 찾곤 한답니다. 칠로에섬에서는 뭐라고 해도 팔라피토에서 자는 것 이상 좋은 게 있을까요? 카스트로에서 이곳저곳 발품을 팔아 합리적인 가격

으로 팔라피토를 예약해서 1
박을 했습니다.

팔라피토는 외관상으로는 멋
지게 보이지만, 막상 하룻밤
을 보내 보니 생활하는 데는
습기도 많고 나무 바닥 소음
도 심해 다소 불편하더군요.
그러나 물 위에 있는 수상 가옥에서 하룻밤을 잔다고 생각하니 운
치는 있었습니다. 저녁은 수산물 시장에서 모시조개와 홍합을 사서
디아블로 백포도주와 함께 맛있게 먹었답니다. 이른 아침 안개 낀
팔라피토를 바라보니 정말 오묘한 기분이 듭니다. 이런 분위기 때
문에 많은 사람이 수상 가옥에서 머무르기를 원하는 것 같습니다.

　푸에르토 몬트로 돌아가는 길에 생태공원이라는 칠로에 국립공
원(Parque Nacional Chiloe)을 돌아봤습니다. 이곳은 인위적으로
만들어 놓지 않고, 있는 자연 상태 그대로를 유지하면서 관리하고
있었습니다. 칠레 당국의 생태 보존 노력이 좋아 보였습니다.

　푸에르토 몬트로 돌아와서 렌터카를 반납하고 항구도시 골목 골
목을 돌아보았습니다. 대형 쇼핑몰도 구경하면서 이곳 사람들이 무
엇을 사고, 무엇을 먹고, 무얼 하고 노는지도 지켜보았습니다. 모
두가 낙천적이고 긍정적인 마음을 가지고 살아가는 듯 보였습니다.
내일은 파타고니아 국립공원의 입구이며 남미대륙의 끝이라는 푼
타 아레나스(Punta Arenas)로 이동합니다.

남미의 끝, 마젤란 해협을 품은 곳 푼타 아레나스(Punta Arenas)

푼타 아레나스는 남미대륙에서 가장 남쪽에 있는 도시입니다. 지도를 보면 아르헨티나의 우수아이아(Ushuaia)가 대륙의 끝에 있는 도시처럼 보이는데, 실제로는 대륙이 아니라 티에라 델 푸에고 (Tierra del Fuego)라는 섬에 속해 있는 곳이지요. 지금은 한가하고 소박한 항구도시가 되었지만, 1914년 파나마 운하가 만들어지기 전까지만 해도 마젤란 해협을 오가는 선박들의 보급지의 역할을 하던 중요한 곳이었답니다.

푼타 아레나스는 위도상으로 볼 때 남극과 가까워 여름에도 비교적 쌀쌀한 편이랍니다. 그리고 마젤란 해협에서 불어오는 바람도 매서워서 살기에 그리 좋지는 않으나, 파타고니아로 들어가는 관문 도시로서 일정한 역할을 하고 있어 많은 관광객이 이곳을 찾고 있다고 합니다.

도시 자체 볼거리로는 도시 뒤편의 전망대(Mirador Cerro de la Cruz)가 유명해서 관광객들은 이곳에 제일 먼저 올라온다고 합니다. 이곳 전망대에서는 마젤란 해협이 지척에 보이고, 세계 각 도시 거리를 나타내는 이정표를 통해 이곳이 얼마나 먼 곳인지 알 수 있었습니다. 2018년 동계올림픽이 열리는 우리나라 평창까지는 12,515km라고 적혀 있더군요.

전망대 근처 십자가와 알록달록한 타일 계단도 인상적이고, 전망대 주변에는 맛집으로 소문난 레스토랑과 카페들도 많습니다. 우리 일행은 사르미엔토 카페(Cafe Sarmiento)에서 마젤란 해협 저편으로 사라지는 석양을 보면서 맛있는 저녁을 먹었습니다.

2박 일정 중 마지막 날은 시내 아르마스 광장과 한국 관광객이 주로 가는 곳을 돌아봤습니다. MBC 무한도전에서 박명수가 찾았던 라면집 코코멘(Kokomen)을 찾아가 라면과 김밥을 먹었습니다. 값은 그리 착하지 않았지만, 오랜만에 먹는 신라면과 김밥 세트가 아주 맛있었습니다. 원양어선 선원 출신이라는 사장님은 한때 신라면 광고에도 출연했다고 합니다. 이분의 정치적 성향이 완전 보수

주의자입니다. 우리를 앞에 두고 장시간 열변을 토합니다.

그리고 아르마스 광장에는 유명한 마젤란 동상이 있습니다. 동상 아래에 있는 인디언 조각상의 발가락을 만지면 다시 이곳을 오게 된다는 속설이 있어 이곳을 오는 사람들은 반드시 발을 만진다고 하네요. 저 역시 지금까지 별다른 사고 없이 여행할 수 있게 되어 고맙다는 감사의 기도와 함께 이곳에 다시 오게 해달라는 기원을 했답니다.

아르마스 광장 한쪽에서는 아르헨티나에서 관광을 온 학생들이 춤을 추는데, 어찌 그리 멋지게 추는지 한동안 넋을 잃고서 구경했네요. 공연이 끝나고 아르헨티나 국기를 들고 같이 기념사진을 찍기도 했습니다.

지구 최후의 희망, 토레스 델 파이네(Torres del Paine)

"Ultima Esperanza!"

최후의 희망!

결연한 이름 같습니다. 인류가 가지고 있는 거의 유일무이한 순수 자연을 가지고 있는 곳이 바로 남미의 파타고니아라고 합니다. 그중에서도 전 세계 등반가들이 에베레스트와 함께 가장 오르고 싶은 산 가운데 하나인 토레스 델 파이네가 파타고니아 중심에 있습니다.

어제 대륙의 끝, 푼타 아레나스를 떠나 버스를 3시간 이상 타고 파타고니아의 관문 도시인 푸에르토 나탈레스에 도착했습니다. 이곳 푸에르토 나탈레스는 파타고니아 토레스 델 파이네를 오르기 위해서 반드시 거쳐야 하는 배후도시 역할을 한다고 보면 됩니다. 파타고니아를 오르는 사람 대부분은 이곳에서 장비를 빌리거나 산행에 필요한 물품을 준비합니다.

우리는 여기에서 2박을 지내면서 하루만 토레스 델 파이네를 등반하고, 아르헨티나 엘 칼라파테로 떠날 계획입니다. 원래 3박 4일간 'W 트레일' 80km를 완주하려 했으나, 체력이나 빡빡한 일정 때문에 당일 코스인 토레스 델 파이네만 오르기로 했습니다.

에어비앤비를 통해 숙소를 잡고 다음 날 토레스 델 파이네로 가는 왕복 버스를 예매한 후 토레스 델 파이네 등반을 위해 등산용품 대여점에서 스틱과 등산용품을 대여했습니다. 저녁은 숙소에서 산티아고에서 사 놓은 국수로 비빔국수를 만들어 고기를 구워 함께 먹었는데, 역시 이곳 소고기는 우리를 배신하지 않았습니다.

푸에르토 나탈레스(Puerto Natales)에서 토레스 델 파이네는 하루 두 차례 버스가 있는데, 우리 일행은 아침 7시 30분 버스를 탔습니다. 토레스 델 파이네로 가는 길은 정말 아름다웠습니다. 누구도 손대지 않은 태고의 신비가 그대로 남아있는 듯합니다. 그야말로 숲과 호수, 빙하와 바람이 만들어 낸 자연경관은 세상에서 둘도 없는 모습이었습니다. 뉴질랜드 남섬과 비교를 해도, 파타고니아의 풍경이 더 멋있다고 말할 수 있을 겁니다.

버스는 파타고니아 W-트레일이 시작되는 라구나 아마르가 (Lagua Amarga)에 도착했습니다. 입구 매표소에서 공원 입장티켓을 사서 셔틀버스로 토레스 산장까지 갔답니다. 거기서부터 왕복 15km, 9시간의 토레스 델 파이네 등반이 시작됩니다. 가는 길이 결코 쉬운 길은 아니었지만, 협곡을 따라 걷는 길의 풍광만은 아주 좋았습니다.

협곡을 따라 이어지는 아슬아슬한 길과 작은 숲속 길을 2시간 정도 걸어가니, 칠레노 산장이 나옵니다. 차가운 비바람이 매섭게 불어 몸이 으스스 춥습니다. 점심거리를 준비해 왔지만, 날씨가 추워 몸을 녹여야겠기에 산장 내에 있는 레스토랑에 들어가 점심과 따뜻한 커피를 마셨습니다. 시간이 지날수록 바람이 더 거세집니다. 토레스 정상에도 비바람이 거셀 것 같아 걱정입니다.

칠레노 산장을 나와 울창한 숲길을 돌아 돌아 1시간 30분 이상을 걸어가면 토레스 전망대가 나오는데, 거기서부터가 진짜 힘이 드는 코스랍니다. 300m가량의 급경사 바위 너덜지대를 걷는 게 정말 사람 죽일 일이더군요. 가도 가도 끝이 없다는 생각이 들었습니다. 스틱을 가지고 가지 않았다면 아마 중도에 포기하고 내려왔을 것 같습니다. 정상에서 내려오는 사람들에게 얼마나 남았냐고 물어보면 한결같이 웃으면서 조금만 가면 있다고 거짓말을 합니다.

큰 바위를 막 돌아가니 갑자기 에메
랄드빛의 호수와 그 호수 뒤편으로 거
대한 봉우리 3개가 나타납니다. 산봉
우리 뜻이 "푸른 탑(Torres del
Paine)"이라는 의미를 실감합니다. 경
외감 외에 달리 어떤 표현을 해야 할
지 모르겠습니다. 지금까지 제가 봐왔
던 그 어떤 풍경도 이것과 비교될 수
없을 것 같습니다. 형언할 수 없는 벅
찬 기쁨이 가슴속에서 올라옵니다. 투
명한 호수 위에 어슴푸레 안개에 휩싸
여 있는 봉우리의 신비스러움을 한동안 지켜봤습니다.

정상에서는 거세게 부는 바람으로 그냥 서 있기조차도 힘들 정
도였습니다. 토레스 델 파이네는 안개에 가려져 있어 제 모습을 보
여주질 않습니다. 이제나저제나 안개가 걷히길 기다렸지만, 안개는
사라지지 않고 바람도 그치질 않아 사진 몇 장만 찍고 바로 하산
하기로 했답니다. 어떤 사람들은 삼대가 덕을 쌓아야 토레스 델 파
이네의 온전한 모습을 볼 수 있다고 하던데, 제가 덕이 부족한 모
양입니다. 아쉬움은 남았지만, 세상사 모든 게 내 뜻대로 되는 게
아니라는 것을 알기에 무거운 발걸음을 옮깁니다.

이번 남미 여행에서 가장 기대했던 토레스 델 파이네를 다녀온
것만으로도 의미가 있다고 생각합니다. 이제 페리토 모레노 빙하,
피츠로이 등반, 이구아수 폭포와 같은 자연경관과 에비타의 나라
부에노스아이레스와 리우데자네이루 두 도시만이 우리의 일정표에
남아있네요. 시간이 정말 빨리 흘러갑니다. 푸에르토 나탈레스에서
하루 정도 쉬면서 토레스 델 파이네 등반 피로를 풀고, 모레 아침

일찍 페리토 모레노 빙하를 보기 위해 다시 국경을 넘어 아르헨티나 엘 칼라파테(El Calafate)로 떠나려 합니다.

압도적인 페리토 모레노 빙하(Graciar Perito Moreno)

우리가 보통 터무니없는 말을 들었을 때, "개가 풀 뜯어먹는 소리하고 있다"라고 냉소적인 말을 하는 경우가 있습니다. 사실 개가 풀을 먹는다는 게 우리 상식으론 이해가 안 돼서 그렇게 말을 합니다. 그런데 푸에르토 나탈레스 터미널로 걸어가던 중 길가에서 개들이 풀을 뜯어 먹는 모습을 봤습니다. 남미 개들만 풀을 먹을 수 있는지, 아니면 원래 다른 개들도 풀을 뜯어 먹을 수 있는지는 모르겠지만 무척이나 재미있는 광경이었습니다.

푸에르토 나탈레스를 떠나 칠레 파타고니아 국경도시 파소 도로

테아(Paso Dorotea)에서 아르헨티나 엘 칼라파테로 왔습니다. 국경으로 가는 길의 파타고니아는 자기만의 태고적 신비로움과 아름다움이 깃들어 있는 곳이었습니다. 광활한 파타고니아 초원과 멀리 보이는 안데스 설산의 어울림은 파타고니아의 진풍경을 보여줍니다. 엘 칼라파테는 로스 글라시아레스 국립공원(Los Glaciares National park)에 있는 페리토 모레노 빙하를 가기 위한 아르헨티나의 관문 도시입니다. 인구는 2만 명 정도이며, 주민보다는 관광객이 더 많은 곳이라고 합니다. 로스 글라시아레스 국립공원은 1982년 유네스코 자연유산으로 지정되었고 지구 끝의 풍경이라는 별칭을 가지고 있는 곳으로 전체 면적이 우리나라의 7배 정도가 된다고 합니다.

엘 칼라파테는 도보로 30분 정도면 시내 곳곳을 구경할 수가 있답니다. 우리는 머물 숙소를 다세대 주택 비슷한 독채로 얻었는데, 주인아주머니가 아주 유쾌하고 친절해서 마을 이곳저곳 가볼 만한 곳을 소개해 주더군요. 숙소 바로 앞에 큰 마트도 있어 큼직한 소고기와 맛 좋은 아르헨티나 포도주를 사 왔습니다. 농산물이나 축산물 가격이 정말 저렴합니다. 양고기, 소고기 할 것 없이 질도 아주 좋습니다. 아르헨티나가 점점 좋아지려 합니다.

페리토 모레노 빙하 투어는 마을 여행사에서 예약했는데, 내일 새벽 6시쯤 집 앞으로 우리 일행을 태우러 온답니다. 우리가 예약한 상품 외에 빙하 트래킹 상품도 있고, 유람선과 카누를 타고 빙하 가까이 가는 상품도 있었습니다. 그런 체험 투어는 왠지 무섭고 불안해서 선뜻 시도하기가 어렵더군요.

　이른 아침, 페리토 모레노 빙하가 있는 로스 글라시아레스 국립 공원은 고요하고 정갈한 풍경으로 우리를 반깁니다. 멀리 설산 너머로 아침 해가 떠오릅니다. 장관입니다. 에메랄드빛의 아르헨티노 호수 역시 빙하에서 떨어져 내려오는 유빙으로 이색적인 모습을 보여줍니다. 가는 길이 이렇게 아름다운데, 페리토 모레노 빙하는 얼마나 멋질까요?

페리토 모레노 빙하 방문자 센터에서 산책로에 접어드는 순간, 말문이 막힙니다. 사진이나 영상으로나 보아왔던 그 빙하가 눈앞에 있는 현실로 다가오니 꿈을 꾸고 있는 것 같습니다. 정말 엄청난 광경입니다. 지금 마주하고 있는 페리토 모레노 빙하는 길이 30km, 폭 5km, 높이 60m의 크기로 남극, 그린란드에 이어 세계에서 3번째로 큰 빙하라고 합니다. 모레노 빙하는 매일 2m씩 전진하는데, 연간 200m 정도 아르헨티노 호수 쪽으로 이동한답니다. 원래 빙하는 해발고도가 높은 곳에만 있는데, 이곳이 저지대임에도 모레노 빙하가 있게 되게 된 이유는 남극에서 가까운 위도 때문이라고 하네요.

　수 세기에 걸쳐 켜켜이 눈이 쌓여 만들어진 페리토 모레노 빙하는 자연의 위대함을 겸허하게 받아들이게 할 뿐 아니라 저절로 작은 존재임을 가르쳐 줍니다. 이런 생각에 잠겨 있을 때 빙하 쪽에서 갑자기 엄청나게 큰 천둥소리가 들려 고개를 돌려 보니 빙하

한쪽 면이 무너지고 있었습니다. 그 소리가 심장을 놀라게 할 정도입니다. 빙하의 위, 아래 이동속도가 다르고 균열 틈으로 물이 들어가 갈라져 무너지는 것이라 합니다. 뉴질랜드나 스위스, 그리고 미국에서도 많은 빙하를 보았지만, 페리토 모레노 빙하처럼 장엄한 빙하는 본 적이 없었습니다. 세계 어느 빙하보다도 규모 면에서 압도적인 빙하라고 할 수 있을 겁니다.

방문자 센터 레스토랑에서 점심을 먹고 오후 늦게 엘 칼라파테로 돌아왔습니다. 내일은 파타고니아 피츠로이 등반을 위해 루타 40 도로를 따라 엘 찰텐(El Chalten)으로 떠날 예정입니다.

하얀 연기가 피어오르는 피츠로이!

엘 찰텐(El Chaten)은 로스 글라시아레스 국립공원 북쪽 입구에 있습니다. 아르헨티나를 남북으로 종단하는 Ruta 40 도로를 따라 엘 칼라파테 북쪽으로 4~5시간 가면 엘 찰텐이 나옵니다.

엘 찰텐 30km 전부터 멀리 피츠로이 (Fiz Roy)가 보이기 시작합니다. 토레스 델 파이네가 원래 산을 직접 오르는 사람에게만 그 모습을 보여주는 신비와 은둔의 산이라고 한다면, 피츠로이는 어디서나 자신을 자신 있게 내보이는 포용과 관대의 산이라 부른다고 합니다. 달리 말하면 접근하기가 그리 어렵지 않다는 뜻이겠죠. 엘 찰텐은 피츠로이를 등반하러 오는 사람들을 위해 만들어진 배후 마을이라 보면 됩니다.

옛날 원주민들은 피츠로이산 정상에 피어오르는 구름을 보고 "연기가 피어오르는 산"이라는 뜻에서 엘 찰텐이라고 불렀는데, 지금은 마을의 이름이 되었다는군요.

피츠로이는 세계 5대 미봉(美峰) 중 하나로 평가받습니다. 일반적으로 피츠로이를 오르는 등반은 라구나 데 로스 트레스(Laguna

de los Tres)까지인 데, 입
구에서 4km 지점에 있는 라
구나 카프리(Laguna Capri)
호수까지만 가서 피츠로이산
을 잠깐 조망만 하고 내려왔
습니다. 바로 직전 토레스
델 파이네를 봤던 감흥이 여
전히 남아 있어 피츠로이까
지 가려는 마음이 생기지 않았나 봅니다.

　엘 찰텐 숙소로 마을 뒤편에 있는 2층 타운하우스를 얻었는데,
남미 여행에서 얻었던 숙소 중 가장 시설이 좋고 안락한 곳이었습
니다. 석양이 질 무렵 노을에 물들어 있는 피츠로이의 광경이 숙소
창문을 통해 보여 산에 올라서는 못 봤던 피츠로이를 침대에 누워
멀리서나마 자세히 볼 수가 있었습니다. 내일은 엘 칼라파테로 돌
아가 하루를 보내고 비행기로 탱고의 고향 부에노스아이레스로 들
어갑니다.

살고 싶은 도시, 부에노스아이레스(Buenos Aires)

아침 일찍 엘 칼라파테 공항에서 비행기를 타고 부에노스아이레스 공항에 도착했습니다. 도시 이름처럼 부에노스아이레스는 공기가 유난히 맑고, 도시 전체가 청량감 있는 깨끗한 도시였습니다.

아르헨티나는 세계 3대 곡창지대인 팜파스라는 광활한 초원을 가지고 있을 뿐만 아니라 밀, 옥수수 등 곡물의 최대 수출국이기도 합니다. 무엇보다도 방목하는 소의 숫자가 워낙 많아 도살되지 않고 자연사도 할 수 있다는 우스갯소리가 있을 정도로 세계적인 육류 생산국이기도 하지요.

수도인 부에노스아이레스는 브라질 상파울루에 이어 남미에서 2번째로 큰 도시로 1930년대로의 시간여행을 떠난 듯한 묘한 느낌을 주는 도시입니다. 흔히들 '남미의 파리'라고도 합니다. 탱고의 선율이 온 도시에 흐르는 낭만적인 도시일 뿐 아니라, 도시 내에만 100여 개의 공연장이 있을 정도로 문화와 예술이 발전된 곳이기도 합니다. 그리고 만인의 연인으로 기억되는 에바 페론의 도시이기도 하지요.

부에노스아이레스의 도시여행은 5월 광장(Plaza de Mayor)에서 시작됩니다. 5월 광장은 이 도시의 대표적 상징입니다. 5월 광장은 스페인으로부터의 독립을 기념하기 위해 만들었으며 아르헨티나의 정치와 민주화의 중심이기도 하지요. 이 광장의 처음은 로코코 양식의 대통령궁(La Casa de Cobierno)으로부터 출발합니다. 대통

령궁은 애칭 '에비타'로 불리는 에바 페론이 1946년 광장을 메운 10만 국민 앞에서 열정적인 대국민 연설을 해서 유명한 곳이지요. 그녀가 남편인 페론 장군과 함께 펼친 파격적인 복지정책에 대해 극과 극의 평가가 있음에도 불구하고, 많은 아르헨티나 민중들에게 지금까지 지지와 찬사를 받고 있음을 우리는 기억하고 있습니다. 이러한 에비타의 파란만장한 삶은 구전을 통해, 때론 오페라라는 작품을 통해 여전히 우리의 심금을 울리고 있습니다.

5월 광장의 끝에는 혁명박물관 카빌도(Cabildo)가 있고, 광장 우측에는 파르테논 신전처럼 웅장한 메트로폴리타나 대성당(Cathedral Metropolitana)이 자리 잡고 있습니다. 오벨리스크가 있는 7월 9일 도로상에는 콜론극장(Teatro Colon)도 있지요. 콜론극장은 세계 3대 오페라 극장 중 하나랍니다. 화려한 르네상스 양식의 건물이 정말 멋있습니다. 특히 공연장 내부를 돌아보는 투어는 참 인상적이었습니다. 부에노스아이레스에서 가장 번화한 플로리다 거리(Av. Flolida)에서는 보행자 전용 거리로, 멋을 한껏 부린 아르헨티나의 미남 미녀들을 볼 수 있습니다.

저녁에는 탱고 공연장으로 유명한 토르토니(Tortoni)를 예약해서 관람했습니다. 워낙 유명한 곳이라 예약이 금방 끝나더군요. 탱고 공연은 무희들의 탄탄한 실력을 가까이서 볼 수 있는 기회가 되어 좋았습니다. 왜 탱고가 아르헨티나 사람들에게 특별한 의미를 갖는 것인지를 피부로 느끼게 되었답니다.

혹시 어마어마하게 큰 오페라 극장을 서점으로 개조해서 영업하고 있다면 믿으시겠습니까? 부에노스아이레스 중심가에 있던 '더 그랜드 슬랜디드'라는 대형 오페라 극장을 리모델링 작업을 해서 엘 아테네오(El Ateneo Grand Splendid)라는 세계에서 가장 아름다운 서점을 만들어 운영하고 있답니다. 극장 객석과 발코니가

책 진열대로 되어 있고 공연 무대는 카페로 운영되고 있는데, 이렇게 아름다운 서점에서는 책을 사지 않고는 못 배길 것 같습니다. 이 멋진 서점을 보기 위해 한해 100만 명에 달하는 관광객이 온다고 합니다.

부에노스아이레스 시내 관광을 마친 다음 날은 여행 사이트 '마이리얼트립'을 통해, 산 텔모와 라 보카 지역을 돌아보는 한국인 현지 가이드 안내를 받았습니다. 우연치고는 기이하게 가이드 이름

이 저랑 똑같아서 신기했습니다. 이 가이드 친구는 남미 여행을 하다가 부에노스아이레스가 마음에 들어 정착하게 되었다는데, 해박한 지식으로 부에노스아이레스의 역사적 연원과 탱고의 유래, 이 지역들에 얽힌 이야기를 흥미롭게 풀어주어서 재미있는 투어가 되었습니다.

부에노스아이레스에서 오래된 동네인 산 텔모(San Telmo)에서는 매주 일요일 벼룩시장이 열리는데, 각종 수공예품, 미술품과 골동품, 그리고 세상의 모든 물건을 파는 노점상과 사람들로 인산인해를 이룬다고 합니다. 산 텔모은 이곳 사람들의 열정을 느낄 수 있는 최고의 장소라 할 수 있답니다.

특히, 탱고의 발상지인 라 보카(La Boca) 지역에 있는 카미니토(Caminito) 라는 동네를 둘러보는 것이 흥미롭더군요. 이 지역은 우스꽝스러운 유명 인사를 닮은 인형, 그리고 원색의 양철 지붕과 벽돌로 유명한 골목길입니다.
이렇게 울긋불긋하게 건물이 꾸며진 이유가 라 보카 지역의 가난한 항구 노동자들이 선박에서 쓰다 남은 페인트를 얻어와 집에 색을 칠하면서 알록달록한 거리가 되었다고 합니다. 골목 탱고 발상지답게 카페나 술집 이곳저곳에서 탱고와 반도네온(Bandoneon) 연주 공연이 있어 누구나 즐길 수가 있더군요.

사실 개인적으로 부에노스아이레스에서 꼭 가보고 싶은 곳이 한 군데 있었습니다. 그곳은 에바 페론이 묻혀 있는 레콜레타

(Cementerio de la Recoleta) 묘지였습니다. 이 묘지는 아르헨티나를 대표하는 명사들이 묻힌 곳으로 경쟁적으로 화려하게 개인 납골당을 꾸며 놓아, 마치 예술 작품을 보는 듯한 착각을 하게 합

니다. 에바 페론 묘 앞에는 많은 사람이 붐볐습니다. 그 앞에서 그녀를 떠올리니 갑자기 슬퍼집니다. 그녀의 굴곡 많던 삶의 모습이 스쳐 지나가면서 연민과 함께 아련한 그리움이 가슴속에서 올라옵니다.

아르헨티나는 식민지 시절부터 유럽 이민자를 많이 받아들였던 백인 국가로, 1845년부터 1930년까지만 해도 세계 5대 경제 대국이라고 평가받던 국가였습니다. 이러한 경제적 부를 바탕으로 문화와 예술, 건축을 꾸준히 발전시켰으나, 80년대 이후 인플레이션 등의 경제적 위기로 몇 차례의 국가 파산을 겪은 후 지금까지 어려움을 겪고 있다고 합니다. 그러나 이러한 경제적 위기에도 특유의 낙천적 성격과 문화와 예술을 사랑하는 마음을 가지고 살아가는 그들을 보면서 모든 삶의 기준을 경제적인 면에만 두는 우리가 부끄럽기까지 하더군요.

내일은 아침 일찍 비행기로 푸에르토 이구아수(Puerto Iguazu)로 떠납니다. 첫날은 아르헨티나 이구아수 폭포를 보고, 브라질 포스 두 이구아수(Foz do Iguacu)로 이동하여 다음 날 브라질 이구아수 폭포를 구경하려 합니다.

언어로 표현될 수 없는 장엄함의 극치, 이구아수 폭포
(Iguazu Falls)

우리에게 선택이란 무엇일까요? 사는 동안 어떤 선택을 하고, 했는가가 중요한 듯합니다. 지난 6월의 퇴직을 돌이켜 보면 개인적으로 '신의 한 수'였던 것 같네요. 마침내 마음의 평화가 찾아왔습니다.

부에노스아이레스에서의 3일간은 도시 이름이 주는 의미처럼 산들거리면서도 들이마시기 좋은 공기와도 같은 부드러움이었습니다. 탱고(Tango)의 선율이 여전히 귓가에 맴돌고 있습니다. 체 게바라의 조국, 에비타의 나라가 왠지 정겹습니다.

아침 일찍 부에노스아이레스를 떠나 2시간 30분간의 비행을 거쳐 이구아수 폭포와 가까운 아르헨티나 푸에르토 이구아수 공항(Puerto Iguazu international airport)에 도착했습니다. 곧바로 아르헨티나 이구아수 폭포로 갔습니다. 매표소 앞에는 점심 무렵임에도 이구아수 폭포를 보기 위한 사람들로 여전히 붐비더군요. 아르헨티나 이구아수 폭포 지역은 워낙 규모가 커서 공원 내에 열차가 운행되고 있답니다. 중앙역을 기점으로 각 관광 포인트를 순환하는데, 밀림 속을 지나면서 기차를 타는 재미가 쏠쏠합니다.

'이구아수'라는 뜻은 과라니 원주민 언어로 엄청나게 거대한 물이라는 뜻이랍니다. 폭포는 멀리 안데스산맥에서 발원하여 페루와 아마존 밀림을 흘러와 이곳 이구아수까지 이른다고 합니다. 이구아수 폭포 총 275개 중 75% 정도가 아르헨티나 쪽에 있답니다. 브라질 쪽에서 보는 이구아수는 모든 폭포를 멀리 시원하게 조망할 수 있는 점이 좋으며, 아르헨티나 쪽에서는 폭포를 가까이 가서 볼 수 있는 장점이 있다고 합니다. 물론 브라질 쪽에서도 폭포가 떨어지는 절벽 아래까지 갈 수는 있습니다.

아르헨티나 이구아수 폭포의 하이라이트는 단연 '악마의 목구멍(Garganta del Diablo)'이라는 폭포입니다. '악마의 목구멍'은 중심부 높이가 80m 정도가 되는 말발굽 형태의 반구형 폭포입니다.

우기에는 초당 6만 톤의 물이 한꺼번에 쏟아지고, 폭포 수가 떨어지는 굉음은 마치 악마가 인간을 부르는 듯 사람의 가슴을 떨리게까지 한다고 해서 그와 같은 '악마(Diablo)'라는 이름이 지어졌다고 하네요. 퍼져 나오는 물안개 때문에 폭포 아래가 보이질 않습니다.

'악마의 목구멍'이라는 폭포를 보고 어떤 시인은 이런 말을 했다고 합니다. "1분을 들여다보면 일상의 괴로움이 사라지고, 10분을 들여다보면 인생의 괴로움이 사라진다"라고...

정말 "지상 최대의 쇼" 같다는 느낌이 듭니다. 다른 한편으로는 몸이 딸려 들어갈 것 같은 느낌이 들어 무섭기까지 했습니다. 아르

헨티나 쪽 폭포 관람이 끝나면 많은 사람이 폭포 앞까지 가는 보트 체험을 하는데, 우리는 오늘 일정을 여기서 마무리하고 택시를 타고 아르헨티나 국경을 넘어 브라질 포즈 두 이구아수(Foz do Iguacu)로 갔습니다. 그런데 신기하게도 택시 기사가 우리 대신 직접 출입국 대행을 해주네요. 본인 확인이 필요할 것 같은데, 그냥 통과시키는 걸 보니 우리 상식으로는 이해가 되질 않더군요.

브라질 땅에 들어오니 왠지 분위기가 살벌합니다. 가뜩이나 브라질의 치안이 좋지 않으니 조심하라는 말을 많이 들었는데, 길거리에서 데모하던 시위대가 우리가 타고 있던 택시를 가로막고 뭐라 뭐라 하는데 무서워 죽을 뻔했습니다. 택시 기사가 예약한 숙소가 아닌 다른 곳에 내려줘서 다시 택시를 타고 찾아가는 우여곡절 끝에 정열의 땅 브라질에 무사히 입성했답니다.

어제 바삐 숙소를 예약하느라 확인을 안 했더니 3명이 한방에 자는 숙소를 예약했네요. 저렴한 곳을 대충 찾은 결과가 이렇게 불편함을 가져다줍니다. 사실 여행에서 가장 중요한 요소가 자는 곳, 먹는 곳이니 좀 더 신중하게 숙소를 예약했어야 했는데 그렇게 하지 못한 결과가 다시 한번 후회됩니다.

오후에는 리우데자네이루 가는 일정도 있고 해서 아침을 먹자마자 브라질 이구아수 폭포로 갔습니다. 브라질 이구아수 폭포는 기차로 이동하는 아르헨티나와 달리 2층 셔틀버스를 타고 폭포 구경을 했습니다. 브라질 이구아수 폭포는 느긋하게 돌아도 반나절 정도면 충분히 돌아볼 수 있었습니다. 아르헨티나 쪽보다는 브라질 쪽 산책로에서 보는 폭포 풍경이 더 좋았습니다. 이곳저곳 구경할 곳도 많고 무엇보다도 밀림 속 동물이나 새들이 신기했습니다. 특히 노란 나비 떼가 지천으로 날아다녀 인상적이었답니다.

 이구아수 폭포 내 레스토랑에서 이른 점심을 먹고 오후 비행기를 타고 여정의 마지막 도시인 리우데자네이루로 출발했습니다.

정열의 도시, 리우데자네이루(Rio de Janeiro)

브라질에서의 11월은 여름으로 접어드는 시기입니다. 날씨는 열대 지방처럼 후텁지근해서 땀이 비 오듯 흐릅니다. 숙소를 어디로 할까 고민하다가 신시가지 쇼핑가가 있는 이비스 호텔(Ibis Hotel)로 예약했습니다. 근처에 노바 아메리카(Nova America)라는 대형 쇼핑몰이 있어 식사하기나, 귀국 때 필요한 기념품을 사기에도 좋을 것 같아서 이곳으로 정했답니다.

첫날 아침 비도 오고 날씨가 좋지는 않았지만, 일단 리우데자네이루에서 가장 유명한 랜드마크인 구세주 예수상(Corcovado Cristo Redentor)을 보러 갔습니다. 예수상은 1931년 포르투갈로부터의 독립 100주년을 기념하기 위해 코르코바두산 정상 해발 710m에 건립된 높이 39m의 대형 상징물입니다.

이곳에 가기 위해서는 산 아래에서 트램을 타고 오르는데, 올라가는 도중에 중심가인 센트로와 코파카바나 해변, 그리고 빵 지 아수까르(Pao de Acucar)의 아름다운 풍경도 볼 수 있답니다. 하필 짙은 안개와 구름이 몰려와 예수상을 전혀 볼 수가 없네요. 초조하게 2시간 정도를 예수상 주변에서 서성거리다 막 포기하고 내려가려는데 갑자기 바다 쪽에서 불어오는 바람으로 예수상을 가리고 있던 구름이 사라지기 시작합니다. 조금씩 조금씩 예수상의 모습이 보이기 시작합니다.

정말 멋진 모습입니다. 누구나 용서하고 감싸 안아 주시겠다는 예수님의 마음을 거대한 조각상에 담아 놓았다는 의미를 알 것 같습니다. 남미를 소개하는 영상에 단골 메뉴로 나오는 이 코르코바두산 예수상을 실제로 보고 있다는 것이 믿기질 않았습니다. 예수상의 모습처럼 팔을 벌려 사진도 찍어보고 아름다운 리우데자네이루 항구 전경을 배경으로 인생 사진도 연출하면서 즐거운 한때를 보냈습니다.

여기서 보이는 리우 시내 풍경이 정말 예술입니다. 맞은 편에 있는 빵 지 아수까르의 우뚝 솟은 봉우리도 절묘하고 신기합니다.

슈가로프(Sugar loaf)로 알려진 바위산, 일명 '빵 산'이라고 불리는 빵 지 아수까르는 높이가 396m 정도 되는 바위산으로 마치 제빵용 설탕을 쌓아 놓은 것 같이 보인답니다.

이곳에서 보는 리우 시내 전경이 무척 아름답기에 연중 많은 관광객이 붐비는 곳이지요. 정상까지는 케이블카를 2번 갈아타고 올라가야 합니다. 높이에 따라 달라지는 주변 풍광이 압권입니다. 연간 수백만 명의 관광객이 이 도시로 몰리는 이유를 알겠습니다. 사실 리우 주민 중 상당수는 이곳에 오는 케이블카 비용 때문에 오지 못하고 있다고 하네요. 이곳 전망대 주변에서는 사방으로 리우의 다양한 모습을 볼 수 있어 좋았습니다.

다음 날 타일 계단으로 유명한 '세라론 계단(Escadaria Selaron)'을 찾았습니다. 워낙 브라질 치안이 안 좋다는 평가가 많아 시내를 돌아다닐 때는 조심하자는 다짐을 수도 없이 했답니다. 사실 여행하면서 너무 조심하면서 다니는 것도 심리적으로 위축되어 여행하는 기분을 반감시키겠지만, 이곳 브라질 치안 상태를 고려하면 조심, 또 조심하는 게 맞겠지요?

세라론 계단은 칠레 예술가 세라론(Seraron)이 다양한 색깔의 타일을 이용해 꾸민 계단으로 특유의 알록달록한 색감이 브라질과 잘 어울려 유명해진 곳이죠. 총 215개의 계단에 2,000여 개의 타일이 붙여져 있는데, 우리나라 국기도 붙여져 있어 눈길이 갔습니다. 세라론 계단 아래쪽에서 사진을 찍으면 배경 타일 덕분에 아주 멋있는 사진을 찍을 수 있답니다.

세라론 계단에서 멀지 않은 곳에는 거대하고 특이한 건축물인 메트로폴리타나 대성당(Cathedral Metropolita de Sao Sebastio)이 있습니다. 대성당으로 가는 길에 마약에 취해 있는 노숙자 10여 명 때문에 멀리 돌아서 갈 수밖에 없었습니다. 대낮에 담요를 깔고 길가에서 자고 있는데, 누구 하나 제지하는 사람이 없네요. 정말 치안이 좋지 않나 봅니다. 메트로폴리타나 대성당은 원뿔형의 독특한 성당입니다. 수용 인원이 25,000명까지 가능하다고 하니 규모는 짐작하시겠죠? 천장부터 바닥까지 4면을 채운 스테인드글라스가 인상적이며, 그 사이로 자연광이 들어와 종교적 경건함을 한층 더 느끼게 합니다.

그리고 코파카바나 해변을 가보지 않고 리우데자네이루를 봤다고 말할 수는 없겠죠? 코파카바나 해변은 규모가 큰 부산 해운대라고 보면

됩니다. 저만 그런가요? 해변을 그다지 좋아하지 않아서인지 그리 인상적이진 않았습니다. 코파카바나 해변 인도에는 리스본이나 마카오에서 봤던 검은색과 흰색이 교차하는 기하학적 파도 문양인 칼사다 포르투게샤(Calcada Portuguesa)가 깔려 있습니다. 포르투갈 식민 지배를 받았던 곳에서 자주 볼 수 있는 문양으로 역동적이면서 물결이 흐르듯 아름답습니다.

리우데자네이루에 가면 어디를 추천할 것인지 묻는다면 단연코 리우 식물원 (Jardim Botanical Garden)을 추천하려 합니다. 이 식물원에서는 영화 타잔에서나 가끔 보던 열대 식물과 나무를 볼 수가 있습니다. 기기묘묘한 나무부터 아주 이쁜 나무까지, 온대나 한대 식물만 보아 온 우리에겐 너무나 신기했습니다. 또한 식물원 정원이 얼마나 넓은지 일행들과 자칫 헤어질 수도 있습니다. 실제 우리 일행 한 분이 숙소로 들어가기로 한 약속 시간까지 나타나지 않아, 1시간 이상을 찾아 헤매기도 했습니다. 그리고 시간 여유가 있으면 나무 그늘 벤치에 앉아 조용한 시간을 갖기에도 좋습니다.

긴 여정이었습니다. 무사히 여행을 마치게 되어 다행이라 생각합니다. 이제 미국 애틀랜타와 시애틀을 경유해서 집으로 돌아갑니다. 즐거운 여행이었습니다.

남미 여행 후기

갑작스럽게 직장을 그만두고 어딘가는 가야 했습니다. 그 어딘가가 남미였다는 것이 여행을 마치고 보니 아주 탁월한 선택이었다는 생각이 듭니다.

10년 전 미국을 여행하면서 이렇게 아름다운 대자연이 있을까 하는 생각을 했습니다만 이번 남미 여행 역시 미국 못지않은 여행이었습니다.

후회도 많이 남습니다. 같이 갔던 일행과 좋은 추억을 만들었어야 했는데, 그렇지 못했고 좋은 숙소와 맛있는 음식에 좀 더 관심을 가졌어야 했는데 그것도 하지 못했습니다. 만약 기회가 다시 온다면 맛있는 음식과 여유로운 일정으로 남미대륙에서 사는 사람들의 생활 속에서 현지인처럼 살아 보고 싶습니다.

이순(耳順)을 넘은 나이에 머나먼 남미를 2개월 동안 여행할 수 있었던 건강과 행운을 주신 하나님께 진정으로 감사를 드립니다. 이번 여행이 남은 인생에서의 의미 있는 삶을 영위할 수 있는 원동력이 되었으면 좋겠습니다.